死刑今夜執行

思婷——著

重讀思婷，台灣推理小說的特異拼圖

呂仁

從《推理》月刊雜誌談起

《推理》月刊雜誌發行了二十三年又六個月（共計兩百八十二期，現已休刊），對許多推理讀者而言，《推理》是每月不可或缺的精神食糧、是引領進入浩瀚推理世界的墊腳石，它收錄內容主要爲東西洋翻譯小說、本土推理作品、推理評論與概念介紹、國外最新得獎與出版資訊。以現今眼光看來，在目前國外原文書籍普及流通、容易取得的狀況下，東西洋的翻譯小說看來並不重要；教導讀者認識推理小說的教育意義，在推理小說出版蓬勃的今日，也不明顯了；推理相關的資訊，在網路發達後，讀者可以自行找到需要的資料，無須透過二十多年來的歷史文件。那這兩百多期還有什麼價值呢？

我認爲是對於台灣原創推理小說的保存。根據推理作家胡栢源的統計，至少有一百二十六位作家曾經發表過華文推理創作。從最多產的胡栢源（七十五篇）；在最多出版社出版過推理小說集的葉桑；創作與理論並重的余心樂；台灣法庭推理第一人牧童；有女性昆恩之稱的蔡一靜；乃至於至今仍創作不懈的藍霄、天地無限、凌徹、冷言、林斯諺、陳嘉振等人，全都在《推理》創作作家之林。

在這一百多位創作者當中，思婷無疑是一個相當特殊的存在。

思婷作品的時代意義

思婷在台灣推理文壇嶄露頭角，當屬以〈死刑今夜執行〉一作於一九八八年勇奪「第一屆林佛兒推理小說獎」首獎開始，在此之前，他另有兩篇同爲中國背景的推理小說〈神探〉與〈好好拍照〉刊登在《推理》之上。但〈死刑今夜執行〉無疑是其代表作，決選評審黃鈞浩先生給予「文筆極佳，布局亦優，具震撼性。雖是特異形式的諷刺推理，但非常精彩。」傅博先生甚至認爲本作「可以說是這次徵文比賽中唯一眞正創作的作品」，得到評審們如此盛讚，絕非過譽。

在二〇〇二年台灣推理作家協會開辦「台灣推理作家協會徵文獎」之前，《推理》月刊雜誌所舉辦的「林佛兒推理小說獎」，是台灣最定期舉辦的推理小說獎，連著四年舉辦了四屆。思婷前三屆都參加，三屆都得獎。第一屆得了第一名，第二屆以〈最後一課〉得了第二名，第三屆的〈一貼靈〉則獲得「評審特別推薦獎」，原因在於本屆起只頒首獎，但若「將〈一貼靈〉列為佳作，又似乎太委屈了，無法顯出它與其他佳作的不同」（語出評審林崇漢），並在其他評審同意後增設獎項。此等連三屆得獎的風光戰績，絕對是前無古人（在此獎之前應無定期推理小說徵文獎），後無來者（現在的台灣推理作家協會徵文獎規定首獎不得再參加）了。

思婷作品在《推理》共刊登六篇，前兩篇是直接投稿到雜誌，有三篇便是前段提到的三篇得獎作，另一篇則是投稿一九八八年時報文學獎推理小說類的作品〈客從臺灣來〉。綜觀這些作品，依故事背景分，大可分為兩類，一類是寫十年文革為背景，另一類則是以創作時的當代為背景，兩類各三篇。

寫文化大革命的〈好好拍照〉、〈死刑今夜執行〉與〈一貼靈〉三篇，背景為一九六六年至一九七六年間，這三個故事既諷刺又哀傷，與思婷本身的成長背景有關；寫當代的則有：〈神探〉寫一九八六年的中國，〈客從臺灣來〉寫一九八七年起開放的台灣民眾赴大陸探親，〈最後一課〉則是一九八九年的六四天安門事件。儘管現在看來，這些都已是二十多年前的往事，但在發表當時卻是最貼近時代脈動的創作，不僅故事背景如此，連案件內容都與這些背景設定有關，非常不簡單。

思婷其人其文

思婷本名陳文貴，一九四八年生於廈門；一九六九年由於文革下放福建山區；一九七八年移居香港從事劇本創作；一九八九年爲中影編寫劇本《販母案考》而移居台灣；一九九八年後定居北京。思婷本業是劇作家，行政院新聞局優良電影劇本他得過兩次獎（一九九〇年《燒郎紅》和一九九三年《格老子的孫子》），電視劇方面，台灣紅極一時的《包青天》其中最多單元由他執筆，到後來的《鐵齒銅牙紀曉嵐》，最近在台灣播出的作品則是由港星鄭少秋主演關於保生大帝的故事《神醫大道公》。

思婷的劇作是出名的好，有「兩岸古裝編劇第一人」的美稱，也由於生命經歷豐富，兩岸三地都長住過，思婷的古裝名作又是台灣的包青天，所以以中國角度認爲他是「台灣金牌編劇」、「台灣名編劇」，台灣方面則認爲他是香港劇作家，香港方面則因他講粵語有腔調，也沒把他當自己人。這種兩岸三地都有家，卻都不是家的現象，卻也是思婷的實際情況。

思婷並非有了百分之百的準備之後，才投身推理小說創作。他會創作推理小說，開始於移居香港期間，某天在書報攤發現一本《推理》月刊雜誌，讀過之後，思婷覺得自己也能寫，於是便寫出處女作〈神探〉投稿至台灣，該故事人物生動、故事反諷、結尾驚奇，即使今天讀來仍然趣味十足，當時主編林佛兒相當熱情掛了越洋電話到香港，於是思婷又寫了一篇〈好好拍照〉投稿，這也是《推理》中思婷唯二不是爲了徵文獎而寫的稿件。

重讀思婷作品的重要性

台灣的推理作家，不是太優渥就是太困頓，就是沒有太顚沛的。沒有貶損的意思，我指的是台灣推理作家多爲讀而優則寫，生活條件與對推理小說創作的預備知識都相當足夠，此爲優渥；而就算寫出了推理小說，卻無法據此養家活口，在早期網路不發達的年代，連讀者有沒有、在哪裡都不知道，此爲困頓。

思婷大概就是台灣推理作家中的異數，廈門出生、輾轉逃離至香港、入籍台灣、移居北京，思婷的前半生也顚沛的了，這樣的生命經驗讓他寫出迥異於土生土長台灣作家的作品。說眞的，誰夠瞭解文革而能寫文革？思婷能寫，他在年輕時被捲進那個時代漩渦裡，所以有了〈好好拍照〉、〈死刑今夜執行〉與〈一貼靈〉等三篇；誰能寫文革後百廢待舉的新中國？思婷能，〈神探〉諷刺手法照出了在改革大旗之下，中央肥官轉調地方的窘態；誰能寫出六四天安門事件後瀰漫的風聲鶴唳？思婷的〈最後一課〉僅僅從一門教室的課堂討論就演繹了那段期間的緊繃局面；誰能把兩岸三地的特殊關係寫進推理小說裡？思婷的〈客從臺灣來〉寫出台灣民眾即使可赴大陸卻要透過第三地香港轉機轉船的政治現實。

思婷是台灣推理作家中帶來大陸觀點第一人，文風與取材都迥異於台灣其他推理作家，個人風格極爲鮮明，在他創作的那個年代已是如此特出，在二十多年後的今日，放眼現今活躍作家與作品，看來仍是如此，思婷作品在台灣推理文壇無疑是獨一無二的存在。思婷的作品確實不是最多、可能不是最好、也並非最有名，但錯過思婷，你一定誤解台灣推理小說全貌，因爲你漏失了台灣推理小說最特異的一塊拼圖。

▼呂仁

推理小說家，一九七八年生，曾為暨南大學推理同好會與中正大學推理小說研究社成員，現隱姓埋名於楊梅壢老人坑，著有短篇推理小說集《桐花祭》（釀出版）。部落格：「呂仁茶社話推理」http://lueren.pixnet.net/。

死刑今夜執行

目次

3 重讀思婷，台灣推理小說的特異拼圖／呂仁
11 神探
31 好好拍照
65 死刑今夜執行
99 客從台灣來
133 最後一課
171 一貼靈
223 以畸形與映像，凝成一個世界的荒謬
——談思婷《死刑今夜執行》／路那
231 附錄

神探

這是一條狹窄小巷，一邊是新華小學的圍牆，另一邊是紅光鋼廠的圍牆。

時間是下午五點多鐘，小學放學了，鋼廠也下班了，很多人都會從這條小巷穿過去，趕著到對面的公共汽車站去搭車。

但是，今天，卻沒有人敢走這條小巷。

今天，一九八六年一月三日。

小巷中躺著一具女屍！

一輛三輪摩托車在路上飛馳著。駕車的是刑警小王，坐在旁邊的就是市公安局長古大洪。

古大洪五十歲了，身材魁梧，兩道濃眉像劍似地倒豎著，使人望而生畏。

車開得飛快，寒風直吹古大洪，他將大衣的領子豎了起來，整個人蜷成一圈。

「臘月天還出來辦案。」古大洪心中嘀咕著。「……倒楣啊！怎麼會調到公安局來了呢……」

卅多年來一直在軍需處工作，從小兵一直混到師部軍需處長，生活本來挺寫意的，他的全部工作只是審批提貨條子，在上面蓋個大印而已，不操心、不勞力，無怪乎老古養得那麼胖乎。

一九八五年，上頭來了一道命令：所有五十歲以上的幹部全部要轉業到地方上去。說是鄧小平的意思，要讓路給年輕人。

眞是活見鬼！老古可眞捨不得這個清閒的工作啊！

可是命令總是命令，年底的時候，老古便到本市報到了。本市不是老古的家鄉，爲什麼他要挑選這個地方呢？道理很簡單：市長和兩個副市長和古大洪太熟悉了，不是老上司就是老同學，由他們來安排，老古當然放心啦。

果然，古大洪把自己的意思向他們一說明，他們便紛紛拍著胸脯說：「老古想找個清閒點的工作？沒問題，到公安局去吧！」

公安局？不是天天跟罪案打交道嗎？老古可嚇了一大跳，連忙說：「……最好給我找個糧食局長，或者物資局長幹幹……搞破案，咱可是一竅不通啊！」

市長哈哈一笑，拍拍古大洪的肩膀。「古大洪，轉業到地方上工作可不比部隊了，糧食局長、物資局長，都是麻煩透頂的差事。你跟了我多年，你那德性我還不清楚嗎？怕累、怕動、怕冷、怕熱……沒錯，公安局最適合你了！」

古大洪還是放心不下。一直到晚宴的時候，幾個市裡的頭頭替他洗塵，才把底兒交給他。

「老古，信市長的話準沒錯。在地方上工作可不比軍需處啦，每年都得拿出成績來，要全國評比的。」

「成績？啥成績？」

「糧食局就比收購糧食，可巧這兩年河北旱災沒停過，本市的糧食收購任務一直沒法完成，糧食局長早就撤換了好幾位了！」

古大洪嚇了一跳。「那……公安局比啥？」

「公安局當然比犯罪率低啦！告訴你，去年本市的犯罪率是全國最低的，當公安局長可露臉了！」

古大洪糊塗了：「你們有啥法寶啊？」

「法寶就是岑永樂啊！」

「誰是岑永樂啊？」

「神探岑永樂啊！一九八四年才從廣州調來當偵察科長……」副市長眉飛色舞地介紹了起來：「這個傢伙神哩，八四年這一年，將咱市十一宗陳年積案全破了！全部涉案罪犯六十三人，一個也沒漏網！」

「咱市長不失時機，一聲令下，將六十三人全部槍斃！全市都嚇呆了！誰敢再犯罪啊？本市的犯罪率馬上降為全國第一了！」

幾個頭頭七嘴八舌說了半天，古大洪終於笑了，這一晚他一連乾了三杯茅台。

「所謂出外靠朋友，今天多虧了各位幫忙，指點我一份優差，我古大洪沒齒難忘。」老古喝得滿臉通紅。「今後各位有什麼親戚朋友犯了案，不用怕！只要關照一聲，我老古保證無罪釋放。」

洗塵宴說出了這麼一句觸霉頭的話，幾個頭頭都紛紛搖頭，自認晦氣。

一月一日，老古輕輕鬆鬆地過了新年。一月二日，他提著一個巨型的公事包來公安局正式上任了。

上任的第一件事，老古先調查了工作的程序，果然，所有的大案都由偵察科長岑永樂負責。局長幾乎沒事幹，老古眞正放心了。出了案件，有岑永樂頂著。破不了案，岑永樂負全部責任；破了案，局長有份領功。

再沒有比這種差事更悠閒的了。老古打開巨型的公事包，從裡面取出一套「福爾摩斯探案全集」。

不管怎麼說，總是公安局長，手下全是破案專家，自己總不能在他們面前露出外行的馬腳。看了一天的小說，到了下班的時候，古大洪已經頗有收穫了。相信假以時日，自己一定可以成爲神探的。

一月三日，也是太平無事。不料臨下班前，突然來了個報案的電話，說是紅光鋼廠的後巷發現了一具女屍。

「剛上任就發生了命案？眞是倒楣！」

更倒楣的事還在後頭呢！岑永樂因爲患痔瘡，正好住進醫院動手術。三個副局長一個休假，兩個在外地，局內只有古大洪一個頭兒。

沒法子，古大洪只好硬著頭皮出發了……

一陣劇烈的震動，將古大洪從沉思中驚醒過來，他抬頭一看，車子已停在小巷口了。

巷口滿擠了看熱鬧的人，大部分是鋼廠工人和小學生。古大洪下了車。

他看過一些警匪電影，凡是神探都是一下車就能發布指示的。他覺得自己也必須馬上發布一道命令，以樹立自己的權威。

但是，發布什麼命令才不會出醜呢？

當了多年軍需處長還是有點用處的，他立刻板起面孔，向小王說了一句絕對不會錯的話：

「把看熱鬧的人趕開！」

現場其實已經有幾個警察在維持秩序，小王走上前，簡單地再強調了一下。警察們將看熱鬧的人群向後推開了兩、三米，讓古大洪和小王走入小巷內。

小巷內躺著一具女屍，朝地俯臥著，所以老古看不見她的臉，不過從她的衣著看，似乎是個青年。

屍體周圍用一條麻繩圍著。「這就是所謂保護現場吧！」老古心中暗想。

在屍體旁邊有一個穿便裝的人在忙碌著。古大洪心中突然一陣欣喜，他又可以發布一條內行的命令了。

「公安條例規定，執法人員必須穿制服，此人身穿便服，一定是好事之徒，將他趕走！」古大洪心中斟酌著字句，覺得沒有問題了，他咳了兩聲，清清喉嚨，正要大聲向小王發布命令。

不料小王卻搶先說了一句：「那是法醫老徐，他本來在家度假，來不及回局裡穿制服就趕來現場，真是盡忠職守！」小王說著，從繩圈下鑽入了現場。

老古出了一身虛汗！幸虧自己多咳了一聲，不然就在小王面前出醜了。

「凡事要三思而行！」老古暗暗警告自己。

古大洪看了一下繩圈內，法醫老徐正在屍體前用一把軟尺量來量去。老古想不出他在幹啥。另外一邊，小王正蹲在地上，輕輕撒著一些粉紅色的粉末。

「對了，福爾摩斯有一次正是用粉末找出指紋的！小王灑在地上，不用說一定是查腳印啦！」老古不由得替自己的出色推理而驕傲。

現在只剩下最後一道障礙了——那條圍著現場的麻繩。老古圍著麻繩踱來踱去。

「到底要不要鑽進去呢？三思、三思……」

鑽入繩圈，就到現場，就要動手偵查，但是自己什麼都不懂，做些什麼好呢？

「看小王那些動作，現場一定布滿了凶手的腳印，可是我完全看不見在哪兒，萬一我鑽入繩圈，踩到了凶手的腳印，豈不是暴露自己是個外行大草包？」

古大洪決定不進入現場了。他轉身想回到車上去，正好看見巷口那群看熱鬧的人，他猶豫了。

「堂堂一個公安局長，連現場也沒進去就溜回車上蹲著，這豈不是不打自招，讓大家都知道我不學無術，一竅不通嗎？」

他終於決定進入現場了。不過他要挑選一條安全的路線。他打量了一下繩圈內的現場，屍體靠牆，這是新華小學的圍牆。對面就是紅光鋼廠的圍牆。

「對了，我只要貼著鋼廠的牆腳走，不走屍體那邊，一定不會踩到凶手的腳印了。」

古大洪胸有成竹地撩起了麻繩，鑽入現場。他果然順著鋼廠的牆邊慢慢走著，他必須扮出目光敏銳的樣子。

踱著，踱著……突然，法醫老徐指著古大洪大叫：「局長，你踩到腳印了！」

「出醜了！果然出醜了！」老古暗暗叫苦。現在最要緊的是要挽回面子，這點本事他還是有的。

老古很鎮定地低頭一看，他媽的！地上啥也沒有。

「我早就看見了！」老古擠出一絲微笑。「不過爲了一個更重要的線索，不得不犧牲這個腳印！」

老徐和小王都注視著古大洪。

在這一、兩秒間，他必須找出一個「重要線索」來。

古大洪抬頭一看，就在他面前的牆上，有一扇大型抽氣風扇。他趕快從口袋中掏出一個放大鏡來，對著抽氣風扇煞有介事地看了起來。幸好抽氣風扇是關閉著的，否則對準他一吹，他恐怕也受不了。

「幸好在鋼廠下班的時候來。」老古慶幸地想著。「幸好昨天學福爾摩斯，買了一個放大鏡來……」

他偷睨了一下老徐和小王，兩個人仍蹲在地上忙著。看起來，自己這一招已經唬住了他們。抽氣風扇又油又髒，實在沒啥好看的。古大洪看了五分鐘已經不耐煩了，但是，他又不敢亂動，鬼曉得哪裡又有凶手的腳印呢？

「要堅持下去，千萬不能再出醜了！」他告誡著自己，又舉起了放大鏡。

十分鐘、廿分鐘……舉放大鏡的手都痠了。

古大洪忍不住再回頭偷窺：老徐仍在屍體旁量來量去，小王仍蹲在地上，用小鑷子將一些小東西夾入塑膠袋中。看起來他們都沉迷於工作中，一點兒也沒有離開的意思。

古大洪長嘆了一口氣。天氣實在很冷，狹窄的小巷又形成了一股穿堂風，一直吹入了老古的骨頭裡去。好幾次他想離開，但是都忍住了。

「萬一再踩到腳印可就沒法下台了！」老古警告自己。「無論如何，一定要等到他們兩個離開，我才能離開！最後走肯定不會錯！」

他咬咬牙，又舉起了放大鏡……

四十分鐘，一個小時！

胳膊又痠、又麻、又疼……

小小的放大鏡現在變成千斤重……

最要命的是，天氣太冷了，古大洪早已憋著一泡尿。

「要忍啊！忍啊！一定要最後一個走啊！」老古幾乎要哭出來。「該死的老徐和小王，你們磨蹭些啥?!死者又不是你老母，何必花那麼長時間……」

「該死的凶手，你到底踩了幾個腳印?!害得我一步也不敢動……」

「該死的岑永樂，偏偏這個時候生痔瘡！」

「該死的市長，介紹這個局長讓我當！」

「該死的鄧小平，要我們轉業！」

……

又過了十五分鐘。

老徐和小王終於都完成了工作，他們站起來，回身一看，古大洪仍然舉著放大鏡在觀察著那個抽氣風扇。

小王心裡可就甭提多佩服了。

「你說，一個人可以對著一部抽氣風扇直看一個多小時，這說明了啥？」第二天，小王回到局裡，馬上拉著同伴問。

「說明了啥？」

「胸有成竹，目光敏銳，觀察力超人，抓住要害，洞悉破案關鍵！」小王簡直是五體投地了，逢人便吹。

「小王，你自己去看了那抽氣風扇沒有？」

「看了，可是我啥也看不出來啊！」小王服氣地回答。「難怪人家可以當局長，不簡單就是不簡單啊！」

法醫驗屍報告、現場勘察報告、死者身世調查報告、現場證物化驗報告……，一大堆文件全堆在古大洪的案頭上。他翻閱了兩天，完全看不懂。

老古慌了。按照工作程序：案發第三天就要召開專案會議，由負責人布置偵破的行動步驟。

往常這個重大任務都是岑永樂負責的，現在理所當然要由古大洪來負責了。

「眞是要命！我怎麼布置行動？一開專案會議就露出馬腳了！」

古大洪想了一個晚上，終於想出一個救命的辦法。

第三天上午，他一上班，便將小王召進了辦公室。

「小王，幹公安工作多久了？」

「三年了，我是從部隊退伍之後才分配到公安部門的。」

古大洪馬上抓住話題了。「唉，小王，地方工作可不比在部隊啦！樣樣得拿出成績來才行啊！我看過你的檔案紀錄，三年來你沒有獨自破過案啊！」

小王面色全白了。「我……一直跟著岑科長……所以……」

「這就吃虧啦。」老古滿臉同情的神色。「局裡偵察科副科長的位子一直空著，我覺得你挺合適的，可就是缺少破案成績啊……可惜……」

小王頓時彈了起來，撲到老古的桌前，聲音顫抖著說：「古局長，這個案子交給我來辦！我保證半個月破案！」

古大洪正中下懷，不過他還是不動聲色，瞟了小王一眼，說道：「這個案子嘛，太簡單了，我早就抓住破案關鍵了。」

是啊！對著抽氣風扇看了一個小時，小王當然相信了。他趕快陪著笑臉說：「古局長，您要照顧我啊，這個簡單的案子讓我立功吧，我保證，十天……」

魚兒上鉤了，古大洪終於點了點頭，「小王，這麼簡單的案子，我就不插手了，你自己全權負責吧！」

小王明白了，古局長是想考考我的眞本領啊！他馬上拍拍胸脯。「行，古局長，您什麼也別指點，讓我小王一個人破個案給您瞧瞧！我保證，一星期……」

古大洪笑了。「年輕人，別頭腦發熱啊，我給你兩個星期。半個月破不了案，副科長就是別人的了。」

小王千恩萬謝地走了。

古大洪心裡可樂了。「市長說的沒錯，公安局長實在太好當了！」

爲什麼古大洪要給小王兩個星期呢？因爲他計算過，兩個星期之後，岑永樂一定回來上班，那時候自己完全不用操心了。

他又打開了公事包，取出一本《福爾摩斯探案》，繼續進修下去了……

* * *

醫院的病房，岑永樂剛剛動了痔瘡手術，屁股痛得不敢沾床，只好趴著睡。

迷迷糊糊，他覺得床頭站著一個人。定睛一看，原來是小王。再定睛一看，小王怎麼兩眼紅腫？

「喂，小王，我是痔瘡開刀啊，離心臟遠著呢！你哭個啥？」

小王將事情的來龍去脈一五一十告訴了岑永樂，原來今天已經是第十二天了，小王的偵察過程處處碰壁，一點線索也沒有。他知道單憑自己是破不了案的，只好趕來求助「神探」。

岑永樂苦笑了，「小王，不是我不幫你。神探也是人，不到現場考察，不做大量的調查，我也破不了案。可是，你瞧，我剛剛開刀，沒三、四天下不了床……」

小王「噗通」一聲跪在地上，大哭起來。「岑叔叔，你不救我，我升職加薪全泡湯了，我不如自殺好了！」

小王跟了岑永樂三年多，情如父子、師徒，岑永樂只好摸摸他的頭。「別哭了，別哭了，咱們試試看吧！你先把案情說一說。」

「死者楊倩萍，女性，廿二歲。一月三日死亡，法醫報告說她是被皮帶勒死的，根據屍體體溫測定，死亡時間是一月三日下午四時至四時半之間。死者生前是『天津狗不理包子店』的服務員，家住……」

小王足足將所有調查資料讀了一個多小時，又將自己偵查的幾個方法解釋了一下。

岑永樂嘆了口氣。「即使我出馬，也不過是重複你所做的一切，不可能再完善了。」

「但是，就是查不出凶手。」

「怪啊……」岑永樂搔著自己的屁股。「剛才是痛，現在又癢得難受……」

小王暗暗吃驚。「岑永樂不會是要我替他搔屁股吧？」

看著岑永樂那副閉著眼睛抓癢的神色，小王著急了。「岑叔叔，到底怎麼辦才好呢？」

「只剩下最後一個方法了！」

一聽還有方法，小王馬上振奮起來。

「這是一個死馬當活馬醫的方法。所有和死者有關係的人你都查過了？」

「是的，一共四百卅一人。」

「這四百卅一人肯定都有不在場證據啦？」

「是的，我逐一查驗過。」

「好，小王，現在你把不在場證據最有說服力的人說出來。」

小王楞了一下。「岑叔叔，你是要沒有說服力的人吧？」

「不，我要的是證據最有說服力的人。」

小王糊塗了。

岑永樂解釋說：「你們在現場完全查不到可疑線索，證明凶手決不是偶然殺人，而是有預謀的謀殺！」

「這我也知道啊。」小王心裡這麼想。

「越是有預謀的凶手，他一定事先將自己的不在場證據布置得天衣無縫、鐵證如山。我就是要找這樣的人。」

小王茅塞頓開了。「證據最有力的有三個：梁國強，他是死者的男友，一月三日他在新疆出差。魯修德，死者的前任男友，一月三日清晨食物中毒入院，就住院在您樓上。最後一個是鄭守信，他是死者所工作的包子店主任，一月三日下午他在市郊海美公社派出所。」

岑永樂點了點頭。「嗯，你趕快回去，將這三個人的全部資料調來給我。」

小王馬上飛奔而出，跳上那輛三輪摩托車，響起了刺耳的警笛，一路上連闖十七盞紅燈，趕回了公安局。

護士端了一盤藥水走入病房，說是消炎解癢的。岑永樂如獲救星，沒等護士走開，就迫不及待拉下褲子，將屁股浸入藥水中。

＊　＊　＊

小王抱著一疊文件回來了。岑永樂聚精會神地翻閱著。突然間，他抓著一份文件叫了起來：「這份東西有問題！」

小王湊上去一看，原來是有關鄭守信的不在場證明。

小王不服氣了。「這份證明文件是海美公社派出所出的，我親自去核對過，不會有假！」

岑永樂笑著搖搖頭。「我不是這個意思，你讀一讀海美派出所這份紀錄：一月三日下午四時，農民李小固在門口踢了一隻貓，路過的鄭守信用粗話大罵李小固，然後又動手打李小固，結果被街坊拉上派出所。你注意到這裡沒有？原來那隻貓還是李小固所養的。」

小王恍然大悟。「小題大作！鄭守信故意打人，故意要被人拉去派出所，製造一個很有力的不在場證據。」

「很有可能，只要再確定一件事，我就可以判斷他是不是凶手。」

「確定什麼事？」

「你趕快去查，鄭守信是否曾經在紅光鋼廠或者新華小學工作過。」

小王滿腹疑團地走出了醫院。

深夜，小王回來了，他滿腹欽佩：鄭守信果然曾在紅光鋼廠工作過，後來才調到包子店去。

「岑叔叔，您真是神探！怎麼料到他在鋼廠工作過？」

岑永樂翻開資料中的一幅現場地圖，「這條小巷，左邊是鋼廠，右邊是小學，前面是公車站，人太多了，凶手怎麼敢選擇這個地點殺人呢？」

「我查過了，小巷四周沒有民居，只有下午五點之後，小學和鋼廠都放學、放工了，才有很多人經過。五點之前兩點之後，小巷幾乎沒有人行走。」

「這個情況外人不會知道的，小巷裡沒有民房，只有鋼廠和小學的人才能知道。」

小王笑得闔不了口。「這麼說，可以肯定鄭守信是凶手？」

「百分之九十九就是他！」

小王突然失聲叫了起來：「雖然鄭守信的不在場證據刻意做作，但是，一月三日下午四時，他的確在海美派出所，他不可能同一時間在小巷作案，海美距離小巷至少要一個小時車程啊！」

「這就是剩下百分之一要解決的事。」岑永樂皺起眉頭，不再出聲了。

這一夜，老岑和小王都沒有睡，苦苦思索這個謎。

天亮了，岑永樂依然一籌莫展。

小王看見岑永樂那副絞盡腦汁的痛苦樣兒，他知道自己升職的希望一點一滴消失了。

小王的眼眶又漸漸紅了。「唉，連岑叔叔都破不了案，怎麼古局長就那麼厲害?!」

岑永樂顧不得屁股劇痛，閃電般地從床上彈了起來。「古局長已經有線索了？」

「他一到現場就知道了！」

岑永樂緊張地抓住小王的手。「快說！古局長在現場有沒有特別注意什麼東西？」

「有啊！他一去就盯住鋼廠的抽氣風扇。」

「抽氣風扇……抽氣風扇……」岑永樂不停地唸著。「他一定抓到了什麼要害……抽氣風扇……」他用手捶著自己的腦袋。

四十分鐘之後，正在走廊值班的幾個年輕護士突然聽到病房中傳來一陣狂叫。

護士小姐嚇得針筒都掉在地上了，急忙衝入病房去。

病房中，岑永樂站在病床上，像個小孩子似地手舞足蹈，亂叫亂跳著：「我明白了！果然是抽氣風扇！我猜到了！」

＊　＊　＊

小王開著三輪摩托車離開醫院了。

此刻，他笑容滿面。

岑永樂終於解開了謎底：鋼廠的巨型抽氣風扇抽出來的是熱空氣。屍體正對著風扇，也就被熱空氣吹高了屍體溫度。法醫老徐就根據這溫度來下判斷，結果將死亡時間推進了一個小時，眞正的死亡時間應該是下午三時。這樣一來，鄭守信完全有時間殺了人再趕去海美派出所。

小王到「紅光鋼廠」一查，果然，抽氣風扇一直開到下午四點卅分。法醫和小王到的時候是下午五時多，抽氣風扇已經關閉了，使得他們都忽略了。

鄭守信在小巷殺人後，要在一小時內趕到海美派出所，只有坐計程車才來得及。

本市只有一家計程車公司，小王很快找到了當日接載鄭守信的司機，而且得到了意外的收穫。

計程車到海美公社的時候，鄭守信一眼看見李小固踢貓，立刻撲下車去挑起事端，結果將一條皮帶遺留在車上。

經過化驗，皮帶上除了司機的指紋之外，還有鄭守信和楊倩萍的指紋。

第十五天，小王趾高氣昂走入了古局長辦公室。

案子破了，凶手抓到了，鄭守信認罪了，雖然他嘮叨了一大堆殺人的理由，但是小王什麼都沒聽進去，他只知道，自己升官有望了！

三月廿八日，市公安局召開了全體大會。局長古大洪在會上隆重宣布，提拔小王爲偵察科副科長。

小王含著淚在答詞中感謝「神探」岑永樂對他的幫助。

大會熱烈歡迎岑永樂上台致詞。

岑永樂誠懇地向大家說：「……古局長一到現場，馬上看出抽氣風扇是破案關鍵，而我呢，想了一天一夜仍想不出來。慚愧啊，古局長才是眞正的神探！」

全場掌聲雷動！

好好拍照

「一九六八年一月十九日……今天，全縣三支紅衛兵組織聯合起來，衝入了公安局、檢察院和法院，實行了革命大奪權。長期以來，公、檢、法機關就是劉少奇反動路線鎮壓人民的工具，砸爛公、檢、法，大家拍手稱快……」

「一九六八年一月廿一日……我們在公安局大院召開了批鬥大會，將那些老刑警們狠狠鬥爭一番。這些平日裡騎在人民頭上作威作福的老爺們如今威風掃地，個個垂頭喪氣。公安局長的頭上掛著三個照相機……全縣只有一家照相館，館內只有一架破爛的國產『海鷗』照相機。而公安局居然有三架進口照相機，簡直是『朱門酒肉臭』……」

「一月廿五日……紅衛兵們搜出了公安局長利用照相機拍攝紅衛兵首領的照片（我是第一個），顯然準備『秋後算帳』，意圖報復。我在大會上公布了這個罪證，憤怒的紅衛兵們將三個照相機砸得粉碎，將公安局長拖出去遊街……」

「一月廿六日……昨天夜裡，公安局長跳樓自殺……」

「二月十六日……全部公、檢、法人員都在今天下放到才溪鄉去勞動，接受貧下中農的改造……」

「三月廿一日……為了維護新生的革委會，打擊階級敵人的報復破壞，縣城成立了『人民保衛組』，我被任命為組長……」

——引自李向東的日記——

一

全縣城只有一家照相館，叫做「光明照相館」。

名字雖然很好聽，叫做「館」，其實只是一座又矮又破的小磚房。靠屋頂的部份勉強用木板隔了一間閣樓，作爲沖曬照片的暗房。人在閣樓連腰也伸不直，只好坐著工作。閣樓下方就作爲攝影室。

照相館內最值錢的家當就是那架一二〇型海鷗牌手提照相機。雖然已是大躍進年代的古董了，但是全縣的人都知道它的大名。因爲它是全縣唯一的一架照相機。

全縣共有三十六萬人，無論是誰想照相，都得風塵僕僕趕到縣城來。因此每逢趕墟的日子，光明照相館總是很多人排隊等候。

館內只有兩個人：老吳和小潘。老吳是館長兼師傅，小潘算是副館長兼徒弟。兩個人又要開發票、又要拍照、又要收錢、又要應付取相片的客人，忙得時候眞是夠嗆的了。

幸好，每個月只有三天趕墟的日子：初一、十一、廿一。老鄉們總是趁著趕墟順便來照相，因此老吳和小潘只有這三天才大忙。其餘的日子就清閒了，他們便利用這段時間，沖洗、剪裁、放大、分類……。由於是獨市生意，經濟指標年年超額完成，他們也年年得到上級的嘉獎。

後來，文化大革命開始了。老吳被查出有個遠親在台灣，紅衛兵把他抓了去，活活打死了。

因此現在光明照相館只有小潘一個人。每逢趕墟的時候，小潘幾乎忙得要虛脫過去。他曾經打了一份報告，向上級申述困難，要求增派人手。報告還沒寫完，就被他的新婚妻子小桂看見了。

小桂一頓痛罵：「你瘋了？老吳是紅衛兵抓走的，你偏偏大叫有困難，分明是指責紅衛兵做錯了。要是被李向東那幫人看見這份報告，你呀，眞的要進暗房了！」

小潘嚇出了一身冷汗，急忙將報告撕得粉碎。小桂不放心，又把紙屑塞入灶內，升了一把大火。

李向東是縣「人民保衛組」組長。這個小組雖然只有三個人，但是短短兩個月已經破獲了十七宗「反革命案件」，逮捕了四十三個「反革命份子」。

提到李向東的名字，小潘的兩腳就發抖：老吳就是被李向東抓走的。不！說「抓」走，實在太輕了，是李向東揪住他的頭髮，拉下樓梯，不住地用皮帶抽打，皮帶頭都打斷了。至今，上閣樓的那個樓梯仍殘留著老吳的血跡……

報告燒掉了，小潘從此不敢再提增加人手的事了。館內大小事務只好由他一個人扛了起來。

五月廿八日清晨，小潘像往常一樣，卸下了店鋪外的木板，開門做生意。遠遠就看見李向東帶著兩個助手走來了。

「今天不曉得是哪一家又要倒楣了。」小潘暗暗嘆息了一聲，趕緊躲回館內。

李向東推開照相館的大門，走了進來。

小潘戰戰兢兢迎了上去，本來想寒暄幾句，可是牙齒不停在上下打架，他不敢吭氣了。

「小潘，帶上照相機，跟我們走。」

李向東的語氣倒是挺溫和的，可是傳入小潘的耳中就變成了重磅炸彈。

小潘不由得雙腿發軟，正想跪下來，李向東及時補充了一句，才使他免於出醜。

「山上發現了一具屍體，請你去拍照存檔。」

二

小潘在照相館工作五年，拍過的照片不計其數，但是給死人拍照，卻是第一次。

以往公安局有自己的專業照相機，有專業攝影師。但是文化大革命一來，三架照相機全砸爛了，那個攝影師也被打斷了一隻胳膊，趕到鄉下去耕田了。新成立的人民保衛組什麼也沒有，只好來借用小潘這架全縣唯一的照相機了。

「這是你的光榮！」李向東拍拍小潘的肩膀。

小潘急忙把揹在肩上的照相機移到胸前來抱著。這架「海鷗牌」是一九五八年出品的，經不起太大的震動。

屍體在一個山坳裡，四周全是齊腰高的蒿草，平日裡根本沒有人走到這裡，是一個砍柴小童無意中發現屍體的。

現在，這個小童就在最前面帶著路，隨行的除了李向東和小潘之外，還有李向東的兩個助手小胖和四眼。

山路越來越陡峭，其實已經沒有路了，大家都是手腳並用，爬得上氣不接下氣。

最慘的是小潘，他要騰出一手護住那架寶貝「海鷗牌」。小胖也不好過，他已經摔了兩跤了。

「如果沒有屍首，把你當反革命辦！」小胖不停地恐嚇著那個小童。

「屍首就在那裡！」小童顫抖著用手指著前面。

小胖嚇得躲在小潘背後，四眼則躲在小胖後面，小潘不敢躲在李向東身後，只好兩腳哆嗦著向前。

李向東面色蒼白，但是左右一望，連小潘都像摸索地雷似地一寸一寸向前挪動。那個帶路的小童完成了任務，早就跑得不見蹤影了。

「怕什麼?!」李向東斥責著。「我們紅衛兵連公安局長都敢鬥爭，還怕區區一個死人嗎？」

他大步上前，撥開了密密的蒿草。

小潘情不自禁地閉上了眼睛。

一具黑黝黝的屍體趴在草地上。

李向東硬著頭皮走近屍體，「轟」的一聲，一團烏雲騰空而起，原來是上千隻附在屍體上的蒼蠅。

李向東嚇得魂飛魄散，他一把揪住小潘的衣領，把他擋在前面。他的聲音全變了。「快……快拍……照……」

小潘不敢正面看向屍體，他打開照相機，利用鏡頭觀察著。這是一具女屍，看來已經死了很久，散發出一陣陣可怕的臭味。屍體手指上一陣反光，原來戴著戒指。

李向東和兩個助手用手帕捂著鼻子，不停地催著：「拍好了沒有?拍好了沒有?」

小潘強忍著胃裏翻滾上來的酸水。「李……組長，拍……拍幾……張?」

「他媽的，眞囉嗦，隨便拍兩張算了!」李向東大吼。

小潘迅速拍了兩張，放下照相機，這下他看見那具女屍了。腐爛的皮膚就像千瘡百孔的爛布一樣，小潘慘叫了一聲，拔腿便跑。

一直躲在樹後的小胖和四眼一見小潘狂奔，不由自主地嚎叫著逃走了。

轉眼間，屍體旁只剩下李向東一個人。他看見了那枚戒指。

「喂，幫幫忙，得檢查屍體……」他正想上前去取下來，但是小胖和四眼早已跑得不見蹤影了。李向東不敢再回頭看那具屍體了。一陣山風吹過，一根樹枝正好拂過了李向東的頭髮。他駭叫了一聲，撒腿狂奔下山了。

三

人民保衛組的辦公室內燈火通明。

李向東拍著桌子大罵小胖和四眼。「臨陣逃脫，像話嗎？簡直給我們紅衛兵丟臉！」

小胖和四眼都不敢抬頭，乖乖地立正站著，等到李向東將自己的大智大勇吹噓了一番之後，小胖才遞上一瓶汽水，討好地問：「李大哥，那具屍體怎麼處理？」

按照常理，屍體必須運回來，慢慢解剖化驗，這樣一來，身爲保衛組成員的小胖和四眼勢必要整日和這具恐怖的屍體打交道。一想到這裡，小胖的心裡便開始發毛。

「屍體，我已經叫火葬場工人抬去火化了。」

阿彌陀佛，謝天謝地！小胖感恩地遞上了一根香煙，略表心意。

四眼有些不放心。「李大哥，沒有屍體，怎麼破案呢？」

小胖一聽四眼又撩起是非，大吃一驚。「有了屍體也破不了案呀！那個法醫早已趕到才溪鄉去勞動了，就你我兩人，把屍體切碎了也看不出啥名堂啊！」

四眼一想，也有道理，大家中學都還沒畢業呢！於是他嘆了一口氣。「要是當初不把法醫趕走就好了。」

這句話可有攻擊「文革」之嫌，小胖急忙用胳膊肘狠狠撞了他一下，差點沒把他的眼鏡撞下來。

李向東冷笑一聲。「沒有法醫就破不了案嗎？沒有屍體就破不了案嗎？這都是資產階級那一套，都是劉少奇、羅瑞卿那一套！如果我們也照搬這一套，那還像個新生的『人民保衛組』嗎?!」

四眼有些不服氣，人民保衛組總得破案啊！

「那具屍體已經檢查過了！」

小胖和四眼都愣住了，法醫都抓走了，誰去檢查啊？

「我！」李向東傲然一瞥。「就在你們臨陣逃脫之後，留下我獨自一個。於是我便將屍體裡裡外外，仔仔細細地檢查過了。」

小胖和四眼羞愧了。四眼不由伸出了大拇指。「大哥，眞是一不怕苦，二不怕死。」

「三不怕鬼！」小胖由衷地讚嘆。

「經過檢查，我發現這具女屍是個資產階級千金小姐。」

四眼又有些懷疑了。「何以見得？」

李向東就等著他這句問話。於是他用手指梳了梳頭髮，洋洋得意地回答：「屍體的手指上戴著金戒指。」

這句話很有說服力，這個縣可以說是全福建最窮的一個縣，農民們一年至少有三個月要斷糧，不要說金戒指，銅戒指也買不起啊！

「沒錯，不是地主就是資本家的狗崽子。」小胖很快推理出來了。

李向東微笑著問：「一個『黑五類』子女，在文革高潮中死了，說明了什麼呢？」

「抗拒運動。」四眼脫口而出。

「畏罪自殺。」小胖及時補充。

「所以，這個案子不是很清楚嗎？不必爲了一個千金小姐浪費我們的時間了，馬上寫報告，向縣革委會匯報案情。」

四眼是有名的筆桿子，寫報告最拿手了。他扭開了墨水筆蓋，正要寫著，突然想起了一件事。「喂，李大哥，屍體上那枚金戒指你取下來沒有？」

「沒有。當時四周沒人，如果我私取戒指，不就有了貪污的嫌疑了嗎？我可得捍衛咱人民保衛組的清白名聲啊！」

四眼一聽又急了。「可是屍體拿去火化了……」

「眞金不怕火嘛！金戒指和骨灰一定保存著。」

「但是，火葬場的工人一定會發現戒指的，他們……」

「他們如果老實上交，那就最好了。」李向東胸有成竹地笑著。

「如果他們私吞了呢？」四眼還不放心。

「那咱們又得多抓兩個『反革命份子』了。」李向東一陣哈哈大笑。

人民保衛組的辦公室內燈火通明。

李向東取出了抄家抄來的一副撲克牌，和小胖、四眼熱火朝天地打起了「爭上游」……

四

小潘一連兩天不敢吃東西。

小桂變換了很多菜式，可是，只要盤子一端到小潘面前，小潘的眼前馬上浮現出那具腐爛的屍體，滿肚酸水立刻湧到喉頭。

小桂著急了。「你好歹得吃點啥啊。要不，找個大夫瞧瞧？」

小潘連連搖手。小桂知道叫大夫來也沒用，因爲她自己正是縣醫院的護士，知道這種事情不是藥物可以治好的。

「也許，轉移一下他的注意力會有效果。」小桂心想，她學過心理學。

這天夜裡，小潘回到家中，推開臥室的門一看，小桂赤裸著身子躺在床上，擺了一個風騷撩人的姿勢。

小桂是個內向的人，洞房之夜，連衣服也羞得脫，還是小潘連哄帶騙，半強迫地完成了歷史使命。因此她相信自己這個大膽舉動一定可以將小潘的注意力完全扭轉。

小潘望了她一眼，猛地跪在地板上，伸長喉嚨狂吐起來。小桂嚇了一大跳，急忙滾下床來扶住他。

「怎麼又吐了？」

「妳的姿勢……跟那屍體……一模一樣。」

看起來，小潘這病是根深蒂固了，小桂急得快哭出來。

沒想到第三天，小潘的病完全好了。

他是嚇好的。

這一天，他開始沖洗屍體照片了。他已經拖了兩天不敢沖洗了，可是這一天，四眼來通知他，報告已經寫好了，必須附上屍體照片。

沒辦法，小潘只好硬著頭皮走入了暗房。小桂也是個賢內助，特地準備了一個大痰盂。小潘進入暗房之後，她還不放心，坐在樓梯上，看看有什麼動靜。

果然，沒有多久，便聽到暗房中傳出了小潘的駭叫。不是普通的叫聲，而是一種絕望的叫聲。

小桂聽出叫聲很不對勁，但是卻不敢推開暗房的門，生怕底片走光了。

「畢竟這是小潘第二次見到屍體，他的恐懼還是可以理解的，只是爲什麼他不再嘔吐，只是亂叫？」

小桂不放心了，她走到暗房外，敲了敲門。「小潘，你沒事吧？」

暗房的門開了，小潘面無血色地倚在門邊，手上抓著濕淋淋的底片。

「小潘，出了什麼事啦？」

「底片，全走光了，什麼也沒有！」

到底是底片有毛病，還是藥水有毛病，還是老爺相機漏光，還是忘記取下鏡頭蓋……小潘全記不起來了。

底片擺在面前，上面什麼也沒有！

「這可是人民保衛組要的照片啊！」小潘嚇得渾身冰涼。

小桂急忙扶他下樓，倒了一杯熱茶給他，然後安慰他：「沒關係，聽說案子已經破了，少兩張照片沒多大關係，又不是要靠照片破案，對不對？不用怕。」

小潘一想，有道理，這才放心地喝下了那杯熱茶，臉上的血色也開始出現了。

小桂笑著說：「剛才聽到叫聲，還以爲你見到底片上屍體的樣子怕的。」

「怕？我現在最想見到底片出現屍體，畢竟是咱們失職嘛！」

兩口子正聊著，就看見李向東從玻璃門外急急忙忙跑來。

見到李向東，小潘比見到死屍還恐懼，兩條腿不由自主地打顫。

李向東上氣不接下氣跑入照相館。「小潘，那照片洗出來沒有？」

「那照片……」

「你可要快點，現在就靠著這照片破案了！」

李向東說罷，一屁股坐在凳子上，抓起小潘喝的那杯熱茶，一口氣喝得乾乾淨淨。

小潘搖搖欲墜。「什……麼？靠照片破案？不……不是說案子已經破了嗎？」

李向東一臉懊喪。「哪裡，出現新情況了。」

「死者不是資產階級千金小姐嗎？」

「哪裡，死者是縣革委會史主任的女兒史春英！」

「不是說死者手上戴著金戒指嗎？」

「那個戒指是史主任抄家搶來的，送給了他的女兒，史春英已經失蹤好多日子了。火葬場的工人把金戒指上交給史主任，他一眼就認了出來。」

「史主任只有這個女兒，他一定很傷心。」小桂和史春英是同事，縣醫院很小，雖然她們不同部門，但也夠熟悉的了。

「傷心？這老頭子簡直發瘋了！」李向東心有餘悸：「那兩個火葬場工人被他打得嘴巴出血。」

「爲什麼打他們？」

「他們把史春英的屍體火化了。」

「不就是你下令火化的嗎？」小桂心中憤怒地指責著，但是她可沒敢說出口來。

「兩個工人把我給端了出來了。」李向東垂頭喪氣：「史主任幾乎要把我五馬分屍了。」

小潘嘆息了一聲，不知道是同情李向東呢，還是嘆息他沒眞的給分屍了。

「後來呢？」小桂似乎也有同感。

「我立下了軍令狀，向史主任保證半個月破案，這才脫了身。」

「屍體都燒了，你怎麼破案啊？」小桂諷刺道。

「沒關係，這不還有屍體照片嗎？有照片就有線索了，喂，小潘，照片啥時候能沖洗出來啊？」

小潘望了望妻子，一顆心沉到了底。完了，交不出照片，恐怕自己先得被李向東五馬分屍了。

小桂心中也「噗通噗通」直跳，這一關過不了了。

「不行，得想個法子轉移他的注意力。」小桂的心理學常識又發揮作用了。她哆嗦著抓起茶壺，又替李向東斟了杯茶，然後強笑道：「李組長，您可真行，光憑照片就能破案。」

李向東往日的神氣早已不知哪去了，他苦笑了一下：「我拿了照片得趕緊跑到才溪鄉去。」

「才溪鄉？凶手在那裡？」

「不！舊縣城的老刑警、老法醫全下放到那裡，他們才是真正的專家，希望他們看了照片之後，能發現點線索。喂，小潘，照片到底洗好沒有？」

過得了初一，過不了十五。小潘一咬牙，正想老實交代自己的失職，希望來個「坦白從寬」：「老實對你說，李組長，那底片出了問題……」

李向東頓時從凳子上彈了起來，兩眼射出獰笑的目光。如果底片出了問題，他就可以把一切責任全推到小潘身上了。

「出了啥問題？」他等待著抓替死鬼。

他的目光直射入小潘的心，小潘不由打了個寒噤：「這底片……」

「也沒啥大問題。」小桂突然插了進來：「就是曝光不足，需要特別處理，今天交不了照片了。」

李向東不免有些失望：「最遲明天晚上要交出來！」

他悻悻然地走了。走到門口，又轉頭久久地盯著小潘那張蒼白的臉……

五

「他那眼神，我可太熟悉了。」夜裡，小潘躺在床上，恐懼地對妻子說道：「他要把老吳拉下樓梯之前，正是用同樣的目光盯著老吳……」

「老吳……」小桂不由得有些傷感。

「是我沒用啊！」提起老吳，小潘的眼眶紅了：「老吳被拉下樓梯，我躲得遠遠的，不敢替他說一句話啊！」

「唉，那環境，見到李向東，誰不躲得遠遠的？」小桂安慰著丈夫：「何況老吳眞的有『台灣關係』……」

「別人躲著，行！可是我……，老吳是我的什麼人？……五八年，我爹娘全餓死了，就剩下我一個人，討飯到縣城，縣城也餓死人啊！是老吳收留了我，用他的口糧養大了我……，可是我……，在他出事的時候，躲得遠遠的，孬種啊！」小潘不由灑下了兩行熱淚。

「不管怎麼說，老吳的後事是你給辦的，總算盡了孝心……」小桂溫柔地勸解著。

「我找到老吳的時候，他全身那血啊，我差點認不出來了，他只說了一句話，就……就嚥氣了……」

「聽說是李向東把他拷打了一夜。」小桂憤憤地說。

「這傢伙，不是人啊！你看他那眼神，要把我吃掉似地……」小潘全身直發抖。

「沒關係，我們再想法子。」

「有啥法子？」小潘哭喪著臉，「明天就要交照片了，我交什麼啊？」

小桂也不出聲了，她緊緊摟著丈夫，抽泣了起來。結婚還不到一個月，丈夫就惹上了這個滔天大禍。

「要不，明兒一早，我就去自首。」

「你瘋了！」小桂哭泣著，緊緊摟著小潘不放，彷彿他現在就要去了。

「我說是底片有毛病，也許李向東會放過我……」

「你醒醒吧！史主任逼著李向東破案，他正想找個替死鬼呢！你送上門去？他連骨頭都吞了！」

小潘癱軟了下來：「完了……，我完了……，小桂，今後，如果有好人家，妳就別管我了……」

小桂一把捂住他的口：「胡扯什麼?!我這一輩子跟定你了！」

「跟定我，只有死路一條啊！」

「不！我們一起逃！」小桂堅定地說。

小潘悲傷地撫摸著她的頭髮，小桂也默不出聲了。

縣城只有一班車通往外界，買車票必須要有人民保衛組的介紹信才行。走路？不到一天準被逮回來。

「現在是文革高潮，到處都在抓『階級敵人』……」小潘感嘆地道：「公安局那個副主任不是也逃走了嗎？後來被江西的紅衛兵押了回來，當場被李向東打死了……」

夜深了。

小桂緊緊摟著小潘，眼淚打濕了小潘的衣襟。他們不再說話了。

明天黃昏，交不出屍體照片，小潘就要被抓走了，小桂決定好好地服侍他最後一次。

她緩緩地解開了內衣的鈕釦……

小潘望著她的裸體，傷感地說：「妳的姿勢，跟那屍體，一模一樣……」

突然間，他想起了一件事。

小桂也想到了，她緊緊地抓著小潘的手。

四隻手在顫抖著……

六

天剛剛濛濛亮。

小潘和小桂悄悄走出了家門。他們急急忙忙向山上走去。小潘的手中抱著那架海鷗牌照相機。

沒人見過屍體的照片。

只要交得出「屍體」照片就行了！

如果叫小桂冒充女屍，拍出來的黑白照片一定可以騙過李向東，小潘幹了多年攝影，自然有這個把握。

他們來到了一個長滿蒿草的山坳裡。反正是拍人，背景都很模糊，只要有草就行了。

小桂脫下了外衣，裡面早已穿了一件破爛的衣服。這件衣服還是昨天夜裡，他們用剪刀修剪出來的。

「能瞞得過嗎？」小桂有些擔心。

「在裸露的地方塗些青苔！」小潘小心翼翼地修飾著。

小桂躺了下來，屍體的姿勢她已經非常熟悉了。

「把臉側過去，我拍側面。」

小桂的臉太豐滿了，拍正面肯定不像史春英。

「不拍正面，行嗎？」

「行，拍照的時候，沒人知道我用什麼角度。」小潘現在充滿了信心，他很快拍了第一張。

「第二張我是專拍手的。」小潘回憶著。

「專拍手？」

「是啊！當時那枚金戒指反光，刺了我的眼，我情不自禁就對準了手拍。」

「手？」

小桂望望自己的手指，怎麼也不像腐屍。她急忙抓起一團爛泥，在手指上胡亂塗了起來。

「糟了，我沒有金戒指！」小桂突然驚惶起來。

小潘含笑從口袋中取出了一枚「戒指」，這是昨晚他用蕃薯雕刻成的。

小桂見過史春英手上的戒指，這個「蕃薯」戒指幾乎可以亂眞，她不由得佩服丈夫的仔細了。

「不仔細不行啊！」小潘解釋：「我跑走之後，只留下李向東一人在屍體旁。整個屍體就這雙手最吸引人，我估計李向東對這雙手一定很有印象，所以咱們千萬不能馬虎！」

小潘將「戒指」套上小桂的手指，仔細地將兩手疊好。

「她的左手戴著金戒指……」小潘又回憶了：「右手和左手疊在一起……我記得她右手還抓著一截東西……」

「什麼東西？」

「是一截皮帶頭。」

小潘從口袋中取出了一截帶著金屬飛馬釦子的皮帶頭塞入小桂的右手。

「像極了！」小潘舉起了相機。

七

人民保衛組辦公室內燈火通明。

李向東和小胖、四眼圍著桌子坐著，兩張屍體照片放在他們面前。

小胖急忙抬高了頭，不敢望著照片，那個可怕的印象已經不由自主浮現在腦海中，他只覺得嘴巴一陣出奇地乾，所有的味覺都失去了。

四眼比較聰明，他急忙摘下眼鏡，眼前頓時一片朦朧，因此他可以大膽地直視照片。

李向東的肚子也不好過，他很自然地把照片翻轉過來：「史春英的屍體火化了，破案全靠這兩張照片了。」

「李大哥。」四眼懷疑道：「眞的能靠兩張照片破案？」

「哼，異想天開！」李向東冷笑：「福爾摩斯再世也辦不到！」

「才溪鄉那些老刑警更不用提了！」小胖及時附和。

懷疑一切的四眼又問了：「既然如此，李大哥爲什麼要去才溪鄉呢？」

「他媽的！你以爲我想去啊？是史主任逼我去的！他說靠我們破不了案，非得去找那些老刑警不可！」

小胖大怒：「簡直是小看我們人民保衛組嘛！」

李向東收起桌上兩張照片，放入公文袋中：

「女兒死了，他急瘋了，當然相信那班老刑警了。我明天一早就出發，你們兩個好好看家。」

四眼戴上了眼鏡，謹慎地提醒他：「李大哥，才溪鄉那班老刑警可全是咱們整下去的，你去……」

「唉，有啥法子。」小胖同情道：「史主任現在又相信他們了。」

李向東卻胸有成竹地微笑：「怕什麼？現在是咱造反派坐天下！」

四眼又提醒道：「可是，光憑這兩張照片，那班老刑警也沒能耐破案啊！」

「當然啦！」

「案子破不了，您怎麼向史主任交差呢？」

李向東又微笑道：「我不會空手而回的。我會逼這班老刑警寫下一份鑑定書帶回來。」

「鑑定書？」

「這份鑑定書證明：史春英是失足跌下山崖致死的。」

小胖拍案大叫：「妙！失足而死，就沒有凶手了。」

李向東點了點頭：「史主任相信這班老刑警，我就用他們的鑑定書來塞住史主任的口！」

「妙！妙！李大哥眞是胸中自有雄兵百萬啊！」

四眼還是有些不相信：「他們肯寫這份鑑定書？」

「肯！想活命就肯！」

「哦？」

「才溪鄉的造反派頭頭全是我的死黨，這班老刑警的命，我捏著半條呢！」

人民保衛組的辦公室內燈火通明。

李向東取出幾本抄家抄來的色情畫報，三個人津津有味地翻閱起來……

八

一星期之後，縣城汽車站。

從才溪鄉來的班車進站了，李向東倚在車窗邊，一眼就看見了站上的小胖和四眼。

二人擠上前，爭先恐後地接過李向東肩上的挎包，簇擁著他走出了汽車站。

「先回家休息吧？」小胖討好地問。

「革命工作嘛，先公後私，直接去見史主任。」李向東用袖子擦了擦臉上的汗水。天氣很熱，他的臉曬得紅紅的，看起來精神很好。

縣革委會大樓距離汽車站不到十分鐘路程，三個人便步行前往。

「李大哥，那份鑑定書……？」小胖迫不及待地問道。

李向東滿面春風，解開上衣口袋，取出一張紙，得意洋洋地晃著：「老法醫、老刑警全都簽了字：失足跌死的。」

「案子總算結束了。」四眼舒了一口氣。

「史主任這下沒話說了。」小胖輕鬆地將那挎包換了換肩，蹦蹦跳跳地搶在前頭。

「革命尚未成功。」李向東一副深謀遠慮的氣派：「今後，咱們要狠抓階級鬥爭，多抓幾個反革命份子！」

四眼和小胖連忙點頭，這種工作他們是最拿手的了。

走著，走著，很快便來到了史主任的辦公室。

推門一看，裡面坐著很多人。

史主任滿面寒霜盯著李向東，其他人一個個橫眉怒目。李向東覺得氣氛有點不對勁，他趕快笑著打招呼：「史主任……」

話音未落，史主任用力一拍桌子，大吼：「把這個殺人凶手抓起來！」

幾個人衝了上來，一下子將李向東五花大綁。嚇得小胖和四眼急忙躲到牆角去。

「殺人凶手？」李向東大叫：「你錯了，史主任。春英是失足跌下山崖摔死的，我這裡有老刑警的鑑定書。」

史主任冷笑：「你那份是假的！」

「假的？不！不可能！他們當著我的面簽字的！」

史主任拉開抽屜，取出一份文件丟在桌子上，大聲叫道：「四眼？你來讀！」

四眼一秒鐘也沒耽誤，立刻從牆角竄到桌邊，恭敬地朗讀起來：

「尊敬的史主任：我們交給李向東的那份鑑定書是假的，這是為了轉移他的注意力……」

他不由自主地停頓了一下，抬頭望了望李向東。李向東也驚慌萬狀地望著他。

「……以下是我們這班有著多年破案經驗的老刑警的一致結論：一、任何人都知道，屍體是破案最重要的線索，但是李向東不僅沒有驗屍，而且迫不及待下令火化屍體，意圖毀滅罪證的動機昭然若揭……」

李向東抬起頭，想要開口辯解，但是馬上挨了背後來的幾拳，打得他喘不過氣來。

「……二、任何人都知道，案發現場必須嚴格封鎖，必須採集現場一切可疑物證。但是身為人保組組長的李向東完全沒有這樣做。因為他知道，縣城五月正是雨季，很快可以將現場沖刷乾淨，掩蓋他的罪行。……」

李向東又動了幾下，但是幾隻手早已將他的頭按得低低的。

「……三、在以上兩點都未能實行之後，屍體照片便是唯一的破案線索，任何人都知道，拍攝屍體，必須由專業的警方攝影師進行，可是李向東卻故意叫了一位民間攝影師去拍照，因為他知道這位民間攝影師沒有經驗，不懂得拍攝可疑之處。四、通常拍攝屍體，至少要有廿張，屍體的每個傷口，周圍的可疑事物都必須一一拍攝下來。可是李向東卻命令攝影師只拍兩張，照片越少，破案可能性便越小。」

李向東掙脫著跳起來，大喊：「誣衊！我把他們趕到才溪鄉去，他們心懷不滿要報復、陷害我呀！」

史主任咬牙切齒：「好，我叫你死得心服口服。四眼，大聲唸下去！」

「……五、屍體照片清楚顯示，死者右手握著一截皮帶頭。史春英是個女孩子，不用皮帶的，因此這截皮帶頭一定是她臨死前從凶手手上抓下來的。這截皮帶上有個金屬飛馬鈕子。這是朝鮮出產的皮帶。大家都知道，全縣城只有一人擁有這朝鮮皮帶，他就是李向東。」

「我可以作證！」四眼唸到這裡，急忙補充了一句。

小胖躲在牆角，也高聲補充：「我也親眼看見，李向東確實有這樣一條皮帶！」

「唸下去！」史主任捶著桌子咆哮。

「……尊敬的史主任，如果李向東沒有法子出示他的朝鮮皮帶，那麼，他就是凶手，您天真可愛的女兒就是被他殺害的。」

史主任衝上前，一把揪住李向東的衣襟：「說！你的朝鮮皮帶呢？」

「斷……斷了……丟……丟了……」

「丟了？怎麼在屍體手上？」

「不！不可能！」李向東狂吼：「一定是你們看錯了！屍體上的皮帶不是我的！不可能！」

史主任將那張照片抽出來，拿到李向東的鼻子前面。

李向東睜大眼睛，看了半天。這是他第一次認眞地觀察屍體照片。

千眞萬確是他的皮帶。

他驚駭欲絕，雙膝一軟，整個人癱軟下來。

史主任怒髮衝冠：「還我女兒命來！」

他張口咬住李向東的一塊肉，狠狠撕了下來。

周圍的人急忙拉開了他。

小胖扶著史主任，一副義憤填膺的樣子：「史主任，讓革命的法律來懲罰他！」

九

李向東被槍斃了。

他死得像一條癩皮狗，躺在河灘上，連他的親屬也不敢來收屍。最後，縣醫院把屍體拉走了，說是供解剖用。

人民保衛組解散了。

小胖和四眼也分配到才溪鄉去勞動了。

縣城的人都有一種解脫的感覺，連說話也大聲了。

最高興的要數小桂了。沒想到冒充的照片居然騙倒了所有的人，一場滔天大禍消弭於無形。小潘從此可以安居樂業了。

所以，這一天，小桂在醫院值班的時候，不停地哼著民歌小調。前來敷藥的兩個火葬場工人都奇怪地望著她：

「咦，小桂，什麼事這麼高興啊？」

小桂一邊在他們紅腫的腮幫子上擦著消炎藥水，一邊笑著回答：「春英是我的朋友，殺害她的凶手得到報應，我當然高興了。」

兩個工人互相望了一眼，其中一個突然長嘆一聲：「唉，其實，李向東是冤枉的。」

小桂大吃一驚。左右張望，病室內沒有他人，小桂趕緊關上了木門。

「到底怎麼回事？」她緊張地問。

「史春英真的是失足摔死的。」

「不，不可能……」

「唉，屍體是我們收的、我們火化的。我們哥兒倆幹這一行三十多年，決不會看錯的。」

小桂愣了半晌，突然推開門跑了出去。兩個火葬場工人一時傻了眼，他們的腮幫子都塗著半邊藥呢！

小桂一口氣跑到照相館。

樓梯，沾染老吳鮮血的樓梯前，小潘燒著三炷香，正在膜拜著。

小桂衝上前，一把握著小潘的手：

「真的屍體上並沒有那截皮帶頭，對不對？」

小潘臉上浮現出勝利的微笑，他拜了三拜，才摟著小桂坐在樓梯上。

「不錯，屍體的右手根本什麼也沒拿。那截朝鮮皮帶頭是李向東毒打老吳的時候打斷的，掉在樓梯上……，我一直收藏著它……後來，我聽到李向東要拿著照片去找老刑警，便下定了決心！」

「如果老刑警看不出來呢？」

「我就去找史主任，揭發李向東！」

小桂摟著他，嘴唇顫抖著：「這樣做……你知道……多危險嗎？」

小潘堅定地回答：「連這個危險也不敢冒，我就不配當老吳的徒弟了。」

小桂望著丈夫，他彷彿變成了另外一個人了，她幾乎不敢相信自己的眼睛。

小潘見到妻子這般望著他，有些迷惘了：「怎麼，我做得不對嗎？」

小桂沒有回答，只是將她滾燙的嘴唇緊緊地貼在他的臉上……

很久，很久……

小桂抬起了頭，一顆淚珠掛在眼角：「現在，我知道老吳臨死之前對你說的那句話是什麼了。」

「哦？」

「他一定是要你替他報仇，是不是？」

小潘搖了搖頭：

「老吳只是向我說：好好拍照……」

死刑今夜執行

夜，九時三十分。

「轟」一聲，沉重的鐵柵門關上了。

生與死從此分開了。

貼牆放著兩張雙層木床，一張白色，一張灰色。中間一張小木桌，上面放著一碟青菜、一碗蛋湯、幾個肉包子。這便是優待死囚的一頓晚餐。

三個人全是小伙子，最小的那個不過是十五、六歲模樣。監獄衛兵李由看守死囚室二十年，眼前這小子可以說是他見過的最年輕的死囚了。

這幾天槍斃的人多，昨天是個大姑娘，前天是兩個大漢，犯人們都是由普通刑警押送來監獄的。但是今晚就不同了，公安局楚局長和監獄長親自率領七、八個刑警押送，場面之大，規格之高，實在是歷來少見。

牢門外，所有的衛兵排成一直線。身材魁梧的楚局長目光炯炯掃視著說：「今天晚上，大家要特別小心。這三個人是江青同志親自點名槍斃的！」

李由站在隊伍中紋風不動，心裡吃了一驚，三個人年紀輕輕，竟然罪大惡極，要驚動江青？

「這三個人屬於一個地下反革命組織，」楚局長憤慨地向大家說著：「叫著『自由與民主的呼聲』。只要聽聽這名稱，便知道他們有多麼反動……」

囚室內，那個十五、六歲的男孩子猛地站起來，身上的鐵鐐鏗鏘作響。他揮動血肉模糊的拳頭，憤怒地吼叫著：

「反動的是江青！她害死多少人？文革害死多少人？」

楚局長臉上掠過一絲冷笑，沒有理睬他。

「今夜，誰負責看守死囚室？」

「我。」

李由從隊伍中向前跨出一步，腳後跟用力一碰，揮手向楚局長敬了個軍禮。局長打量著他，眉頭皺了起來。

李由今年快五十歲了，頭髮斑白，滿臉皺紋；雖然他竭力挺直腰桿，仍然掩飾不住微駝的背脊。

監獄長一眼瞟見局長不悅的表情，立刻湊近他，微笑著說：「李由是貧農出身，大字不識一個。他看守監獄二十年，一次事故也沒發生過。我們單位評選模範共產黨員，老李年年榜上有名……」

監獄長是出了名的冷酷，從來不誇獎手下。李由臉上一陣發燒，今晚自己眞的太有面子了。

楚局長滿意地點點頭：五十歲人，妻兒一堆，不會亂來；鄉下出身，大字不識一個，也就不會看地下傳單，不會看任何刊物，這種人沒有自己的思想……

「要得！」楚局長放心地拍拍李由的肩膀：「剛才這小子惡毒攻擊文革，你來反擊。」

李由保持著標準的立正姿勢，中氣十足地回答：「文化大革命就是好，好得很！五、六年再來一次，很有必要！」

男孩子咬著牙，要撲到牢門上來。兩個同伴立刻抓住他，用力把他拉回床邊。

楚局長好像打了場勝仗，率領著刑警們沿著走廊凱旋而回，走廊兩旁，一間間的牢房，各式各樣的囚犯都擠在牢門上，向外張望著。他們大都看過「自由與民主的呼聲」的傳單，有的人就是因收藏傳單而關在這裡的。

八面威風的楚局長望著走廊兩旁的犯人，臉上浮現出傲慢的獰笑。他停下腳步，回轉身，向著死囚室一字一字地大聲宣布：

「死刑明晨執行！」

＊　＊　＊

夜，十時。

三個死囚坐在床沿，吃著他們的晚餐。他們吃得很慢，很慢，慢得不像在吃東西。

李由穿著軍大衣，在牢門外踱著。二十年了，看慣一個個的死囚押進來，看慣他們一個個押上刑場。他從來不會替這些人難過。並不是因爲大家互不相識，而是因爲他知道政府不會錯，政府要殺的人一定是該死的！

但是今晚，他心情不知怎地格外傷感。

那個男孩子拿著一個肉包子，好像捨不得吃，放在鼻子前輕輕聞著。

「他是用左手的。」

李由的心一陣抽痛，小山也是用左手。

「如果小山活著，今年也跟這個男孩一般大了。」

李由想起死去的兒子，眼睛濕了……

三個死囚都停下來不吃了，桌上的東西幾乎沒有動過。

李由回頭看看衛兵室牆上的日曆，今天星期二，明天星期三，他們的生命就要結束了。

在這種時刻，誰還有心情吃得下東西呢？

李由不忍心再望著這三個年輕人，他轉過身，準備回到自己的衛兵室去。

「老伯，老伯。」

那個男孩子站在牢門邊，溫和殷切地問：「老伯，昨天這裡是不是關著位姑娘？她叫金蓮。」

李由默不出聲地望著男孩。他從來不跟死囚交談，這是避免犯錯的最好方法。不過昨天關押的那個金蓮，他的印象可深刻了，是她太漂亮，還是她的遭遇太悲慘？

「老伯，你告訴我，她有沒有受到虐待？你說啊！」

李由咬著嘴唇。昨夜，死囚室中的慘叫聲曾經刺痛他的耳膜。

男孩看見李由的表情，傷心地垂下了頭：「我知道，她一定像我們一樣，遭到拷打。」不，不是拷打！李由幾乎忍不住要喊出聲。她是被強姦的，被一隻披著人皮的禽獸！

「無論如何，」男孩驕傲地說：「她絕不會出賣組織的！」是的，是的，孩子，你說得對。她本來有機會逃過凌辱、逃過死刑，只要她肯屈膝投降。

「老伯，請你告訴我，昨天晚上，她睡哪張床？」

他臉上流露著哀求的神情。李由情不自禁地指了指左邊那張白色的床。男孩子拖著受傷的腿，用手撐著牆，艱難地走到雙層床前，緩緩地躺在下面一層。

多麼堅強的孩子，到了生命最後一刻，他關心的仍然是別人。李由呆呆望著他，忘記這是一個反革命份子。

「天啊！這是最後的晚餐啊！」

躺在床上的男孩子突然發出一聲驚叫。

兩個同伴本來坐在另一張灰色雙層床上，聽到男孩的叫聲，他們都撲到白色床前，跪了下去，伸手摟著男孩。三個男孩的頭緊緊依偎在一起。

看到這淒涼的一幕，李由只覺得喉嚨梗塞，鼻子一酸。他回到衛兵室，顫抖著坐在一張大椅子上。

「老伯，請你熄了燈吧。」

整個監獄的電源開關都在衛兵室，李由拉下了總開關，所有的電燈都熄滅了。

黑暗中，傳來了三個年輕人低低的、含糊不清的談話聲。也許，他們在回憶自己的童年時光；也許，他們在回憶自己的親人；也許，他們在討論地下組織的成敗……。不管怎樣，那個男孩似乎已經克服了死亡的恐懼。

李由覺得稍微放鬆一些，他裹著軍大衣，斜倚在椅子上，迷迷糊糊睡著了。

＊　＊　＊

晨，五時。

「有鬼啊！」

一陣淒厲恐怖的嘶叫聲震撼監獄，嚇得李由從椅子上滾到地板上。他手忙腳亂地爬起來，扳上總開關，借著刺目的燈光，他看見死囚室的鐵門內兩個小夥子滿臉驚惶，魂不附體地駭叫著：「鬼殺人……」

李由一個箭步竄到門前，伸長脖子張望著。

白色雙層床的下層，那男孩子一動也不動，四肢僵直，兩眼圓睜；臉上出現血斑，嘴唇烏黑……，他死了。

他的死刑本來定在上午，是誰提前在夜裡執行了？

＊　＊　＊

晨，六時。

楚局長睡眼惺忪趕到監獄來的時候，已經有幾個刑警比他先到一步。屍體已經送到公安局法醫部門去了，現場嚴密封鎖。衛兵室成了臨時辦公室，女警珊珊正在盤問李由。李由到現在仍然驚魂未定，雖然死囚見得多，真正的死人他可從來沒見過。

另外兩個死囚看起來比他更害怕。他們也被押到衛兵室，由刑警隊長親自審訊。

「恐怖啊！一個女鬼，披頭散髮，舌頭三尺長，眼睛噴著綠火，『唰』的一聲，從地上升了出來，用手一指，我們兩個全身被定住了。女鬼伸出雙手，沒有肉，全是白骨，就扼住吳國強的脖子，把他扼死了。恐怖啊！」

兩人面無血色，但又繪聲繪影地描述著凶案經過。

「簡直就像一篇『聊齋』故事。」刑警隊長目瞪口呆。

兩人一個叫方志達，另一個叫吳國輝的，是死者吳國強的哥哥。從他們兩個極度驚駭的樣子看來，又不像在說謊。

「咚、咚……」走廊裡傳來了轟鳴的腳步聲，這是楚局長那雙四十四號大皮靴產生的效果。看見巨無霸似的局長身影，所有刑警都鬆了口氣。

楚局長從事偵破工作三十年，破的案子比大家看的偵探小說還要多。所謂大樹底下好乘涼，自從楚局長調來本市之後，局裡刑警們的工作便簡化成三部曲：看熱鬧、寫報告、睡大覺。

楚局長來到走廊的盡頭，左邊是死囚室，右邊是衛兵室。擂鼓似的腳步聲停住了，他走到死囚室的鐵柵門前，凝神注視著裡面。

「凶案現場一直嚴密封鎖著，」刑警隊長走到局長身後，向他報告著：「我們人手不足，只能先盤問兩個死囚和衛兵，現場尚未展開搜索。有關凶手的線索尚未發現……」

楚局長緩緩轉過身來，微微一笑：「不必搜索現場了，根本沒有凶手，吳國強是自殺的。」

隊長和在場的刑警們簡直不敢相信自己的耳朵。楚局長剛剛到了不足一分鐘，死囚室也沒進，證人的證言也沒聽，只是那麼一站，他就能破案？

「你們看看那碗蛋湯，」楚局長指著死囚室內：「滿滿的，原封不動。如果是謀殺，死者一定掙扎反抗，放在那個位置的蛋湯一定會打翻的。再看看牢門，鑰匙是由監獄長親自保管，門上也沒有破壞過的痕跡，凶手怎麼進去的呢？這間死囚室在監獄的心臟地帶，而這監獄的設備是全國最先進的：兩道電網，五道關卡，一百多名衛兵，閉路電視網，不要說人，就是老鼠也鑽不進來。

「大家都知道死囚是最可怕的，假設眞的有一個凶手，他怎麼敢進死囚室？這裡頭有三個死囚呢！假設凶手是很多人，爲什麼只殺掉吳國強而放過另外兩人？最不合邏輯的是，吳國強定在今天上午槍決，凶手夜裡殺死他，只不過提早幾小時而已，根本是脫褲子放屁，多此一舉！」

眞是鐵證如山，令人信服。吳國強一定是害怕面對行刑的槍口，所以寧願親手結束自己的生命。

「但是那個女鬼的故事又有什麼作用呢？」刑警隊長像小學生請教老師似的舉手發問。楚局長仔細聽了他的全部匯報，然後哈哈大笑：「這三個人一向揚言『爲了民主不怕死』，現在突然怕死自殺了，傳出去面目無光，只好說成是被殺。但是他們也清楚，根本沒有人能夠進入死囚室行兇，所以只好編造女鬼殺人的故事啦。」

＊　＊　＊

晨，八時三十五分。

法醫的驗屍報告送來了。刑警們你推我、我推你，誰也不敢拿去給局長，最後硬是塞給女刑警姍姍。

姍姍是楚局長最寵愛的人，本來是美術學院的模特兒。局長認識她之後，硬要把她調到公安局來。美院的譚院長堅決反對，不到三天，他的兒子被抓起來了，據說是調戲婦女，譚院長只好乖乖放人。珊珊就這樣當上刑警，除了那一身制服外，她一點也不像吃這行飯的。局裡同事都說她查案也有三部曲：見了犯人惱，見了傷者跑，見了死人就昏倒。

姍姍拿著驗屍報告，向二樓的監獄長辦公室走去。

楚局長坐在監獄長的沙發上，一邊品著香噴噴的龍井，一邊觀看著窗外的景色。一塊綠油油的青草地，如果擺在湖濱公園，一定是情侶們談戀愛的好地方。但是擺在監獄裡，它只不過是槍斃犯人的刑場。

「做草木也要講究運氣啊。」楚局長感嘆著。

運氣這玩意兒實在很奇妙，「自由與民主呼聲」這個專門反江青、反文革的組織，已經成了老百姓的精神支柱，他們的傳單被大家爭相傳閱。儘管花了很多時間和人力，公安部門卻始終無法破獲這個神祕的組織。後來，江青把他從福州調來本市，給他半年時間破案。這本來是個燙手的山芋，很多人等著看他怎麼倒楣。不料在上個月，突然有個叫司馬劍的青年來自首，原來他正是「呼聲」的支部負責人之一。司馬劍供出了方志達和吳氏兄弟，也供出了金蓮。這個重要情報真是得來全不費工夫，這不是運氣是什麼？

楚局長看了看手錶，不到半個小時，吳國輝和方志達槍決之後，他就可以寫個請功報告給江青了。

「局長，驗屍報告。」姍姍清脆悅耳的聲音把楚局長從升官美夢中拉回現實來，他接過報告翻了起來，臉上的微笑尚未消失，他的心已經沉了下去。

「吳國強是被人勒死的。」法醫的報告同樣鐵證如山。

現在，有兩個鐵一般的事實擺在面前，一、吳國強不是自殺，是被謀殺的；二、沒有任何人能夠進入死囚室行兇。兇手，看起來肯定是吳國輝和方志達了。但是……

楚局長坐在沙發上，點著了一根香煙。這三個人是他親自逮捕、親自審訊的。十五套酷刑，每一套都比死還難熬，這三個年輕人不僅熬過來，而且都爭著把罪名朝自己身上攬，盡力替其他兩人開脫。不得不承認，這三個人實在不可能自相殘殺。

吳國輝和方志達也是判了死刑的人，再多一條殺人罪也同樣是一死。如果他們是兇手，一定會坦然承認，何必編造荒誕的女鬼故事？

退一萬步來說，即使由於未知的動機，兩人一定要殺吳國強，反正吳國強早上就要槍斃，提前在夜裡殺死他，根本沒有必要。

楚局長發現，自己面臨一個尷尬的難題：明明知道是這兩人殺死吳國強的，卻怎麼也找不到他們的犯罪動機。

「趕快把李由叫來，我要了解昨夜的情形。」楚局長知道到了這地步，必須老老實實展開調查工作了：「順便通知全體刑警，都到這裡來開會。」

「那麼，」姍姍盡量婉轉地問著：「吳國輝和方志達的死刑怎麼辦？快九點了。」

「他們兩個是破案關鍵人物，先把他們隔離，做進一步審訊。」楚局長無力地揮了揮手：「死刑暫緩執行。」

＊　＊　＊

午，十二時。

盛夏的太陽當頭曬著，辦公室像個大蒸籠，大家的衣服全都濕透了。地上布滿菸頭，室內一片煙霧，刺鼻的菸味和刺鼻的汗臭味，就連電風扇也無力驅散。

「他本來今天早上就槍斃了，」楚局長聲音沙啞地問著：「爲什麼兩個人迫不及待，要在夜裡下殺手呢？」

這個問題他不知道問了多少次了，沒有一個刑警能解答。

「會不會是他們精神錯亂而殺人？」

「你才精神錯亂！」楚局長向說話的刑警瞪了一眼：「怎麼會兩個人一起精神錯亂？怎麼兩人不自相殘殺？」

「會不會方志達和吳國強有私仇，痛下殺手？」

「放屁！」楚局長破口大罵：「吳國輝就在旁邊，他怎麼會眼睜睜看著弟弟被殺呢？」

「也許……他睡著了？」

「死囚是睡不著的！」

在角落裡，李由冷冷地補了一句。從早上到現在，他被迫蹲在這個大蒸籠裡，接受一次又一次的盤問，實在倒楣透了。

差不多大家都被楚局長罵了，刑警們都垂頭喪氣。

「會不會眞的有鬼呢？」姍姍膽怯地開了腔：「金蓮是昨天清晨槍決的，昨天夜裡，他們就看見女鬼，是不是她……」

楚局長向她苦笑了一下。俗話說三個臭皮匠，勝過諸葛亮。這裡八個刑警，連個臭皮匠也頂不上。

「李由，把昨夜的情況再講一遍。」

李由長嘆一聲，這是第十一次了！他有氣無力地把昨夜所見到、所聽到的又從頭講了起來。反正講了這麼多遍，大家幾乎都可以背誦了。

「……最後，我聽見吳國強說：『天啊！這是最後一頓晚飯了』……」

這句證言的唯一作用是引起大家的飢餓感。早飯、中飯都沒吃，昨晚那餐眞的是最後一頓了。楚局長的大肚皮傳出了巨響……

「大家吃飯吧。」楚局長無可奈何：「吃了飯都到死囚室去，一寸寸地給我搜！」

「局長，」姍姍親熱地挨近：「我們到『東方紅』去吃吧？」

「不行，我得到湖濱公園找司馬劍，他在那兒當清潔工，有事到那裡找我吧。」

司馬劍？李由又覺得耳膜發疼了。前天夜裡，監獄長帶著司馬劍來到死囚室，說是要審訊金蓮，結果就在這個死囚室強姦她。金蓮的慘叫聲直刺入李由的心，他躲在衛兵室，兩手掩耳，依然聽得見……

「局長，」監獄長攔住問道：「死囚室要搜查，吳國輝和方志達怎麼辦？」

「關到別的囚室嘛！」楚局長不耐煩了。

「整個監獄全滿了。」

「沒關係，哪間牢房擠得下就塞進去，」楚局長果斷指示：「加上重銬，加派衛兵，我才不信他們能越獄。」

楚局長用力一捶桌子，咬牙切齒：

「三天之後，即使案子不破，二犯的死刑照樣執行！」

＊　　＊　　＊

午，一時二十分。

湖濱公園垂柳依依，綠波粼粼，即使是酷熱的中午，也有三兩情侶被吸引到這裡。長長的石凳上，楚局長和司馬劍坐在一起，面向湖水。這時候是休息時間，司馬劍吃著自己帶的盒飯，楚局長手上抓著一條麵包，用力啃著。

「局長，在這裡見面，很容易暴露我的身分的。」

楚局長拍拍他的大腿：「連吳國輝他們都不知道你是叛徒，別人更不知道啦！放心，我做事很穩當的。」

「叛徒」這兩個字很刺耳，司馬劍不由得瞟了楚局長一眼。這個打仗出身的局長，說話實在沒有修養。

「昨天夜裡，」楚局長咬著麵包：「吳國強被暗殺了。」

司馬劍嚇了一跳，一聽到「暗殺」他就神經緊張。自從他叛變以後，整日裡提心吊膽，生怕被「呼聲」發現，把他暗殺。

「你跟他們熟，方志達和吳國強有沒有私仇呢？」

「私仇？不可能，阿丁是他的救命恩人呢！」

「阿丁？」楚局長猛地抓住他的手：「誰是阿丁？」

「哦，我們四個人在支部內都以代號相稱，我是甲，吳國輝是乙，方志達是丙，吳國強年紀最小，是丁。」

「金蓮呢？」楚局長一直不能忘懷這個漂亮的女囚。

「只有支部負責人才有代號。金蓮是支部和總部之間的連絡員，沒有代號。」

「你剛才說有恩，是怎麼一回事？」

「紅衛兵武鬥的時候，方志達在火線上受傷，誰也不敢去救，是吳國強在槍林彈雨下把他背到醫院的。」

「嗯……，會不會跟愛情有關呢？」楚局長絞盡腦汁，手中的麵包不由得捏得緊緊的：「那個金蓮長得漂亮，他們三個會不會因爭奪女人而吃醋？」

司馬劍搖了搖頭：「這三個人都是書呆子，滿腦子是傳單啊、大字報啊、自由啊、民主啊；就是沒有女人！」

楚局長不禁微微笑了起來。身邊這個司馬劍，加入「呼聲」是爲了追金蓮，出賣組織也是因爲追不到金蓮。當他來公安局自首的時候，楚局長問他要什麼好處，他竟然回答：只求強姦一次……，他滿腦子都是女人。

「女人……」楚局長興奮地咬了一大口麵包，瘋狂地嚼動著：「對了，最近又看上哪個女人了？」

「金蓮死後，總部又派了個新的聯絡員，叫劉端妯。希望破案之後，局長照樣……」

一對情侶從石凳前面走過，司馬劍立刻低下頭，用飯盒遮住臉，不停地扒著飯。誰曉得這兩個是不是「呼聲」的人？萬一被他們看見他跟公安局長坐在一起，那就完了。

楚局長可不在乎，他眼睛睜得大大的，望著那女的。可惜，這女的長得難看，不忍卒睹，他趕快把視線移到湖面。

方志達看起來不可能殺吳國強了，難道吳國輝有什麼動機要殺弟弟？

「喂，」他用肘撞了撞司馬劍，幾乎撞掉他手上的飯盒：「吳家的背景怎麼樣？是不是黑五類？」

「他們的父親曾經在羅布泊工作過。」

「羅布泊？」楚局長吃了一驚：「我國的原子彈基地？」

「是啊，他父親本來很紅，文革一來，名字就被倒寫了。」

「倒寫，什麼意思？」

司馬劍指指湖邊一塊大標語牌：「打倒叛徒、內奸、工賊劉少奇。」劉少奇三個字就是倒寫的。

「紅衛兵的習慣，叛徒的名字一律倒寫，」司馬劍解釋著：「在『呼聲』內部也這樣規定。」

「他們的父親怎麼成了叛徒呢？」

「聽說是寄了篇論文到蘇聯科學院，後來跳樓自殺了。兩兄弟從高幹子弟變成黑五類子弟，他們逃了出來，四處流浪，兩人相依爲命，感情很好……」

又是毫無頭緒。楚局長滿頭大汗，雖是坐在柳蔭下，但中午的天氣實在太熱了。

「局長，下星期『呼聲』要召開總部大會了。」

楚局長渾身一震。「呼聲」的組織很嚴密，總部與支部只能由聯絡員連繫，所以司馬劍也不認識總部的人。

「你能參加？」楚局長緊張地問。

「能，我現在是支部唯一負責人，劉端妯已經通知我了。」

「時間？地點？」

「要到開會前一小時才通知，到時候我馬上轉告你，就可以將他們一網打盡了。」

「要得！」楚局長把手上的麵包用力扔向湖中。

「呼聲」總部，這個讓所有公安部門頭痛和丟臉的地下組織，現在就要由楚局長一個人來破了。

「蓋世奇功啊！」他心中樂開了花：「公安部副部長會不會太小呢？也許，向江青要個八三四一部隊政委當當？」

「嘟！嘟！」一陣急促的喇叭聲把他從升官美夢中拉回到現實來。回頭一看，一輛吉普車停在石凳後。姍姍從車上伸出頭來：「局長，發現吳國強死前留的記號了！」

楚局長立刻跳上車去。司馬劍涎著臉：「局長，那劉端妯……」

「放心！」局長大笑。他知道司馬劍很會挑女人，那個金蓮果然是漂亮，在交給司馬劍之前，他自己已經強姦兩次。至於這個劉端妯……

吉普車捲起滾滾煙塵，飛快馳去。司馬劍看看自己的盒飯，一層灰，他也把盒飯拋入湖中，蕩起一圈圈水波……

＊　＊　＊

午，二時。

白色的床板上刻著一個「鈾」字。床是雙層的，吳國強睡下層，字是刻在上層床板朝下一面。很像是吳國強躺在下層，伸手用指甲刻下的。

楚局長彎下腰仔細觀察著，用指甲在木板上刻字，痕跡不深，不仔細看還眞不容易發覺。

「這字怎麼讀？什麼意思？」

「鈾，放射性元素，原子彈就是用鈾做的。」

原子彈？吳國強的父親曾經在羅布泊原子彈基地工作，他臨死刻下這個字，難道跟寄到蘇聯的那篇論文有關？不，如果是這件事，吳國輝一定會支持弟弟，也不可能編造女鬼的故事來掩護凶手。至於方志達……，反正他們三個同樣判處死刑，他又何必殺人呢？到底這個「鈾」字，有沒有別的涵義呢？

「很奇怪，」姍姍挨近局長：「吳國強臨死刻字，他當然是預先知道凶手要殺他，既然有時間刻字，也就有時間呼救，只要他一喊，衛兵老李就在門外，馬上可以救他……」

楚局長恍然大悟，他瞟了姍姍一眼，不要以爲這個女人沒腦子，她這句話就點醒自己跳出「原子彈」。

楚局長拍拍手，把七、八個刑警都召集到他的面前：「平常上理論課，我常告訴你們，死者留下的記號，通常指……」

「指凶手的名子……，但是沒人名叫『鈾』的啊！」

楚局長含笑用手遮住「鈾」字的「金」字旁，只露出「由」字。

「由？」刑警們異口同聲叫了起來：「李由？」

「哦，難怪吳國強不呼救，原來凶手就是衛兵李由。」

「我們一直盯著囚室內，誰知道凶手原來在室外。」

「唉，小說上不是常說，最沒嫌疑的人就是凶手嘛?!」

「但是，」刑警隊長懷疑地問：「李由為什麼要殺他呢？」

「為了錢，」楚局長解釋：「金，代表金錢。『由』帶『金』，吳國強分明在暗示李由收取金錢賄賂而殺死他」

「錢?誰給他的？」

「地下組織。」楚局長胸有成竹：「這個支部被破獲，肯定有人告密，但是司馬劍又成功地騙過了他們。『呼聲』總部可能得到錯誤情報，認為吳國強是叛徒。這樣，他們就懷疑我們的死刑是假的，他們自己要執行死刑。吳國輝和方志達都很忠於地下組織，他們不敢反抗總部的命令，但是也不忍心殺死吳國強。於是總部就賄賂了李由來殺人。雖然死囚室的鑰匙由監獄長保管，但是李由看守二十年，總是有機會複製的。吳國輝和方志達編造女鬼的故事，正是為了掩護李由。」

真是鐵證如山，令人信服。刑警們佩服得五體投地。

「李由現在在哪兒？」

「中午散會，我放他回家休息了。」監獄長回答。

「地下組織不可能送錢到監獄來，」楚局長冷笑著：「李由一定會跟他們在外面接頭，馬上派兩個人，嚴密監視他！」

楚局長輕鬆地伸了伸懶腰，他的兩手幾乎摸著囚室的天花板，看起來眞像樣板戲中的英雄人物。

「局長，」監獄長請示道：「那兩個死囚怎麼辦？」

「別急，」楚局長獰笑著：「等抓到李由和接頭人，他們的死刑一起執行！」

＊　＊　＊

午，五時。

李由提著個菜籃子在市場逛著。小虹就要放學了，他喜歡親手炒幾樣菜，和老婆、小虹一起坐在小桌邊吃著。

小桌子是四方形的。從前，桌子旁邊坐著四個人，李由老是埋怨小山用左手。後來，江青號召大家「文攻武衛」，紅衛兵們互相廝殺。小山被分配去碾磨火藥。

有一天，不知怎地爆炸了，小山全身燒傷。等到李由趕到醫院，奄奄一息的小山抓著他的手，只說了一句：

「我不想死，我不要文革，我想讀書。」

從此之後，四方桌邊就剩下三個人了。

「反動的是江青，她害死了多少人?!」吳國強的呼喊深深震撼著李由的心靈。

李由腳步蹣跚地走著，市場上幾乎沒有東西賣。菜籃子底，只有一些發黃的油菜。他逛了三條街，唯一的收獲就是發現有兩個穿深藍色衣服的人也逛了三條街。

李由沒有理睬他們。這年頭，這種事，這種人……

斜陽照著崎嶇不平的石板街，李由拖著條長長的黑影，慢慢走回家。他的背看起來更彎了。

剛剛走到街口，就見老婆驚慌失措地跑來：「小虹，小虹沒回家！已經放學很久了……」

學校離李由的家只有五分鐘的路，小虹怎麼會……？李由把菜籃子扔了，撒腿就跑。校長室在三樓，他一口氣跑了上去，老遠就聽見小虹的哭聲。

「爲什麼欺侮小孩子？」李由咆哮著：「有事找家長談嘛！」

校長爲難地托了托眼鏡，不知如何回答才好。

「爸爸，他們說你是壞人，要我揭發你，平時跟誰來往？我說爸爸是好人，他們說我不老實，不准我回家……」

小虹哭得像淚人兒，兩隻小手緊緊摟著爸爸的脖子。李由兩眼噴著怒火，拳頭捏得發響，對準校長的眼鏡。

「老李，」校長吞吞吐吐地說：「這件事其實跟校方沒關係，是公安局楚局長打電話來，要我們這樣做的。」

公安局？李由一個箭步撲到玻璃窗前，向下望去。

校門口，兩個深藍色衣服的人，像幽靈似地默默站著。

李由猛地推開窗子，伸頭狂吼：「他媽的，有啥事我一個人頂著，別爲難一個九歲的女孩子！老子替你們賣命二十年，現在就站在這裡，有種的話你們上來抓啊！」

兩個幽靈一下子不見了。

李由渾身虛脫，緊緊抱著女兒哭著……

＊　＊　＊

夜，七時。

「葵花向陽」、「一顆紅心」、「五洲風雷」……文革以來，「東方紅」餐廳的菜式全換上新名字了。

「沒關係，換個名字而已。」美院譚院長熱情洋溢：「菜還是楚局長最喜歡的那幾道。」

「謝謝，謝謝。」坐在楚局長旁邊的姍姍笑容滿面。楚局長不客氣，挾起一片鮑魚，馬上塞入口中。

「譚院長，怎麼突然請客啦？生日？」姍姍笑著問。譚院長總算當過她的上司，禮貌上應該寒暄一番的。

「哦，我明天上調福州，這一餐算是跟你們辭行。」

雖然他上調，寶貝兒子還留在本市，不能不求局長關照關照，以免「調戲婦女」的事件重演。

「哦，老譚，」楚局長好不容易吞下那片鮑魚：「你這一餐可算是最後的晚餐了，哈哈。」

姍姍趕快提醒他：「局長，多不吉利?!」

「嗯？」楚局長莫名其妙：「他明天調福州，這一頓是最後一頓晚飯，沒錯啊？」

姍姍笑著：「說『最後一頓晚飯』跟說『最後的晚餐』是不同的。」

「哦，這麼講究？」

「可不是？『最後的晚餐』是達芬奇的一幅名畫。畫的是耶穌臨死前舉行的一次晚餐。耶穌發現猶大是出賣他的叛徒，所以晚餐充滿了悲傷的氣氛……」

「哦，果然不吉利。老譚，別見怪啊！咱是大老粗，資產階級那一套咱可不懂，哈哈！」

「哪裡，哪哩，」譚院長誠惶誠恐地說：「楚局長是江青同志最賞識的公安奇才，威名遠播……」

「湯來了。」一位女服務員捧著碗香噴噴的海鮮湯放在桌上。

「這道湯叫啥名字？」

「河深海深不如黨的恩情深。」

「名字是長了點，倒也貼切。來，來，來，楚局長，嚐一嚐。」譚院長撈起一塊海參，送到局長碗裡。

楚局長的眉頭突然皺了起來。

譚院長的心臟幾乎停頓：「難道他討厭海參？」

楚局長呆呆望著滿桌佳餚，仔細回味著姍姍的話。

「最後一頓晚飯」和「最後的晚餐」是不同的！

吳國強臨死前，同樣說過「最後一頓晚飯」，但是這句話是經過李由轉述的。李由大字不識一個，自然是用他自己的口語來轉述。

對了，吳國強的原話一定是「最後的晚餐」。

那麼，他是不是像耶穌那樣，也在暗示出現叛徒？

叛徒？對了，一切都跟叛徒有關！

楚局長終於發現，破案的線索他其實早已掌握了，解謎的鑰匙一直擺在自己的口袋裡。經過達芬奇的啓示，原先孤立、分散、毫無聯繫的碎片，現在只是重新排列一下，馬上形成了一幅完整、清晰的圖畫了。

「姍姍，快走！」

他放下筷子，踢翻椅子，拉著姍姍飛奔而出。

多虧姍姍的美術常識……不，多虧我把她調來公安局。

轉眼間，楚局長拉著姍姍跑出餐廳了。餐桌邊，只留下渾身發抖的譚院長。

* * *

夜，八時二十五分。

李由剛剛跨入監獄大門，馬上被叫到會議室去。小小的會議室已經有不少人，李由挑選一個角落坐下。

楚局長洋洋得意地望著大家：「還是那個老問題，三個人清晨就要槍斃了，提前在夜裡殺掉一個，究竟有什麼作用呢？」

七、八個刑警都閃避著局長的目光，整個白天局長都在追問這個問題，他們到現在依然解答不了。

楚局長尖銳的目光掃視著大家：「各種各樣的解釋，大家都提出了，包括神經錯亂啊，甚至荒唐的女鬼啊。但是有一個很明顯的，小孩子都知道的作用，你們卻疏忽了。」

刑警全部屏聲靜息，等待局長揭曉。

「這個作用就是……」楚局長故意停頓了一下：「夜裡死掉一個，逼使我們要搜查死囚室，同時不得不將死刑押後，吳國輝和方志達就可以離開死囚室，關到別的牢房去。」

「這不是一樣嗎？」刑警們按捺不住，紛紛反駁：「他們照樣關押，死刑照樣要執行。」

「別的囚室有人，死囚室沒人，這就是不同之處！」

「有人、沒人……還是一樣啊！他們又不能越獄。」

「有人，就可以傳遞消息！」

刑警們的嘈雜聲頓時消失了，大家呆呆望著局長。

「他們三個發現司馬劍是叛徒，所以急著要把他的名字傳出去。」

「不可能啊，」刑警隊長迷惑不解：「司馬劍叛變的消息，我們一直嚴格保密，這三個死囚根本不知道啊！」

「金蓮知道，司馬劍到獄中強姦過她。」

「金蓮是第一個被槍決的，她跟三個人沒接觸過。」

「金蓮留下了暗號。」楚局長嘆了一聲：「刻在床板下的『鈾』字，我們一直以爲是吳國強留下的，這是一個致命的錯誤，其實，字是金蓮刻下的。」

「怎麼見得呢？死囚室囚禁過那麼多人。」

「這個『鈾』字有一個金字旁。」楚局長打開公文袋，從裡面取出幾張紙：「我剛剛回局裡，這是金蓮的檔案，你們看，她簽名的『金』字跟『鈾』旁的『金』，字體一樣。『金』，原來跟金錢無關。」

「『鈾』字的『金』代表金蓮，」姍姍扭頭望了望縮在角落的李由：「剩下的那個『由』字，難道眞的是指……」

「『由』，代表司馬劍！」

大家目瞪口呆。

「司馬劍在地下組織的代號是『甲』，『由』正是『甲』的倒寫！」

「倒寫？」

「地下組織的規定，叛徒名字一律倒寫。」

楚局長環顧著鴉雀無聲的會議室，看著一個個伸長脖子等他解謎的人，心中那份得意就甭提了。

「當吳國強因爲懷念金蓮，躺在白色床的時候，他看見了床板上的暗號，看見『金』，他認得金蓮的簽名；看見『由』，他明白金蓮的意思了。於是他叫著『這是最後的晚餐』，這不是一句感嘆，而是因爲衛兵在牢外，他只能祕密通知其他兩人，他發現叛徒了。吳國輝和方志達立刻跑到他床前跪下，目的也不是安慰他，而是小聲地商議著應變的方法，好把叛徒的名字傳出去。但是，他們天一亮就要處決，死囚室又沒有別的犯人。要想傳遞消息，只有一個方法，便是犧牲一個人，製造一件沒有道理的凶殺案，再故意用女鬼的故事加以渲染，擾亂我們的視線，剩下的兩個人，就可以爭取到時間和空間……，於是，吳國輝和方志達便用床單勒死了吳國強。」

眞是鐵證如山，令人信服。

「我們上當了！」刑警們垂頭喪氣：「果然把他們關到普通囚室。這兩人深得人心，犯人們一定會幫他們。他們只要把司馬劍叛變的消息告訴犯人，再由犯人告訴前來探監的親人。唉，每次來探監的人那麼多……」

好不容易破了案，卻發現依然是一場失敗，那滋味可不好受！「唉，司馬劍說不定已經被暗殺了。」

咦？楚局長怎麼笑容可掬？只見他用手指了指會議室牆上的一張通告。通告第一條：「逢星期二、四、六爲探監時間。」

「今天是星期三！」刑警喜出望外：「沒人探監！」

「所以消息還沒傳遞出去。」楚局長哈哈大笑：「從明天起，取消一切探監，直到司馬劍把『呼聲』總部大會的開會時間、地點拿到手，直到我們把敵人一網打盡！」

歡聲雷動，掌聲四起，刑警們湧到局長身邊。

「局長，您眞是福爾摩斯再世！」

「福爾摩斯也不能一天破案，局長是神探！」

「什麼一天破案？根本不到二十四小時，局長是神探之王！」

監獄長走到角落，拍拍李由的肩：「老李，楚局長已經洗脫了你的冤枉，你要多謝局長啊！」

李由默默地垂著頭，剛剛聽見的案情令他心情震撼，吳國強的面容不由得浮現在他眼前……，這個十五、六歲的孩子，爲了他的組織，爲了他的戰友，爲了他的信念，竟能毫不猶豫地犧牲自己。

「孩子，願你安息吧……」李由喃喃自語。

這時，楚局長揮手制止眾人的歡呼，聲如洪鐘地下了命令：「我給他們一個迅雷不及掩耳。馬上把吳國輝和方志達提出來，立刻押赴刑場槍決。死刑今夜執行！」

＊　＊　＊

夜，不知何時。

疲憊不堪的李由回到家裡。

「怎麼這麼晚？」老婆關切地問。

「我去了一趟湖濱公園。」李由平靜地回答。

他走到床邊，輕輕吻了吻小虹，然後爬上床去，很快就呼呼入睡了。

明天司馬劍的屍體將在湖中浮現。地下組織保住了！吳國強的戰友們保住了！「自由與民主的呼聲」啊，你響吧，響吧！

一陣奇怪的聲音把李由的老婆吵醒了，她睡眼朦朧地望著李由。

睡夢中，李由在吶喊著：

「死刑今夜執行！」

客從台灣來

「從香港開往廈門去的『白鷺號』客輪，即將啓航，請乘客們登船……」廣播喇叭傳出清脆的女聲。

老船長站在最上層的甲板上，看著長蛇般的遊客們排成一行，走上了客輪的舷梯。穿著白色制服的服務員也排列在舷梯上，幫助老弱乘客上船。

突然間，老船長的眉毛微微皺了起來。

舷梯上，一個年約四十的男人，正揹著一位老大爺，一步一顫地走著；在他身旁是位年約六十的老婦，帶著五件小行李，又扛又提，狼狽不堪。按照客輪制度，這種情況是不允許發生的，服務員必須上前攙扶老人，代提行李。可是，服務員吳強，就站在這三人旁邊，呆呆地望著，視若無睹，一動也不動。

老船長火了。他將上身伸出欄杆大吼著：「吳強，你愣著幹嘛?!」

聽了這聲吼叫，吳強渾身一震，好像從夢中清醒過來，猛地撒腿狂奔，「咚……」，跑上舷梯，跑入船艙去了。

老船長氣得直跺腳，小小一個服務員，居然當眾擅離職守，根本不把他這個船長放在眼裡。

「叫吳強到船長室見我！」

老船長再一次咆哮著，然後一拐一拐走下了甲板。他那裝著木製義肢的左腳踩在鋼板上，發出「鏗鏗」的聲響。

吳強才四十歲，卻是一頭白髮，滿臉皺紋，背駝得很厲害，坐在船長室那張大沙發上，更顯得瘦小。見到他這副可憐相，老船長的心不由得軟了。

「唉，吳強，你今天怎麼啦？」

吳強面色蒼白，沒有出聲。他伸手解開自己的上衣口袋，從袋裡掏出了一本筆記本，然後翻開筆記本，將夾在中間一張摺疊好的紙取出，放在船長的辦公桌上。

老船長一臉狐疑，不曉得吳強搞什麼鬼。他拿起這張舊得發黃的紙張，打開來一看，這是一份油印文件：

「廈門八中紅衛兵總司令部第三十七號文件：

凡在解放前逃往台灣的人，都是罪大惡極的反革命，他們的家屬都是反革命家屬，即日起全部集中，由紅衛兵嚴加管制，施行無產階級專政。

八月二十九日。」

老船長放下這份文件，莫名其妙。這是文革時期紅衛兵胡鬧的產物，已經是二十多年前的東西了，吳強現在拿出來幹什麼呢？

「這份文件，」吳強垂著頭。「就是我寫的。」

老船長望著吳強，仍然不明白這跟他擅離職守有什麼關係。

「一九六六年夏天，紅衛兵鬧了起來，我是八中的頭兒。那時候，我滿腦子革命，眞的以爲台灣人全是壞人，於是我就起草了這份文件。結果，廈門市凡有台灣關係的人都倒了楣。後來，有人揭發我們學校高二四班學生張太平，他的祖父也在台灣。我帶著紅衛兵，把張太平全家抓了起來，關入『牛棚』。後來……後來……，他父親、姊姊和哥哥都死了！只有張太平和她母親僥倖活了下來。但是張太平經不起折磨，人就瘋了……」

吳強兩手緊緊抓住沙發，指甲都發白了。

「二十年來，這筆血債一直折磨著我的良心，我保存著這份文件，每年的八月二十九，都會拿出來，作爲一種懺悔……」

老船長忽然醒悟了。

「難道剛才你……」

「剛才，我看見了張太平和他的母親。」

「他背著的那老人就是……？」

「就是他祖父，從台灣回大陸探親。」

兩個人都沉默了。最後，老船長長嘆一聲說：「把這張紙留在我這兒吧。也許，我能幫你調解調解。不過，現在你必須回自己的崗位去了，做好份內工作。」

「是。」

吳強垂頭喪氣地走了。

老船長將這份「三十七號文件」鋪在辦公桌上，用一個紅銅筆筒壓住文件，然後戴上老花眼鏡，重新再看一遍這份紅衛兵的文件。他不由得苦笑了。

二十年前，台灣家屬是最倒楣的；二十年後的今天，台灣家屬竟成了大陸最吃香的！

「翻手雲，覆手雨，難辨陰晴……」他輕輕哼著京戲。

＊　＊　＊

「傻瓜打人啦！」

一陣尖銳刺耳的叫聲，使老船長嚇了一跳。抬頭一看，一個少女揪著個中年人闖進了船長室。老船長一眼就認出，這中年人正是張太平。

「這個傻瓜，居然推我！」少女氣勢洶洶地嚷著，一口廣東腔國語，聽得老船長起雞皮疙瘩。

「推一下而已嘛！」老船長真有些哭笑不得。這種雞毛蒜皮的事兒，有客運部管著，可香港人就是愛找船長。

「他推我這兒！」少女指著自己露出半截的胸脯控訴著。

「算了吧，你也叫他傻瓜，」船長和藹地笑著，「傻瓜嘛，做事傻一些，我們正常人，何必跟他計較呢？」

「什麼?!」少女那高聳的胸部幾乎頂到船長。「哦，你們大陸船就袒護大陸人？一九九七還沒到，就欺侮我們香港人！」

「不，我會狠狠教訓他！」老船長連哄帶騙：「妳先回去休息，這件事我會愼重處理。」

好不容易把少女送走了，老船長急忙關上艙門，回頭看看張太平。他又高又瘦，帶著一副眼鏡，斯斯文文地坐著，一眼看去，眞不像個白癡。

「爲什麼推人啦？」老船長溫和地問著。

「她推爺爺，我就推她！」傻瓜嚴肅地回答。

「那你也不能推她胸脯啊？」

「她推爺爺胸脯，我就推她胸脯！」

「唉，爺爺是男的，她是女的呀！」

「時代不同了，男女都一樣！」傻瓜理直氣壯。

「你說什麼？」老船長一時也糊塗了。

「這是毛主席語錄！」傻瓜傲然回答。「最高指示！」

老船長這才想起，張太平是在文革中變傻的。他只好搖了搖頭說：「我送你回去吧？你住幾號房？」

「住爺爺那間房！爺爺是天下最好的人，我要跟他住……」

老船長一拐一拐地拉開艙門，正想走出，迎面看見一個老婦喘著氣跑來。

「我是張太平的媽媽，我叫崔瑛。」

「請進，請進，」老船長招呼著她：「請坐，抽菸嗎？」

「謝謝，我不會。」崔瑛也很客氣地在沙發上坐了下來。

「我也不會抽！」傻瓜趴在辦公桌前，笑嘻嘻地玩弄著桌上的打火機、香菸盒、筆筒，甚至老船長的照片。

「我們這孩子，別人打他都不還手，」崔瑛望著傻瓜，眼中流露出慈愛的目光。「但是誰碰他爺爺一下，他就發火。」

「哦，他跟爺爺初次見面，感情就這麼好？」

「是他爺爺好啊！」崔瑛感嘆著。「八十歲的人了，堅持要回鄉。本來，我們準備在廈門迎接他，可是他說，我們苦了這些年，該享享福了，就叫我們申請到香港會親。現在政策變了，有台灣關係吃香了。我們的申請表格遞上去沒多久就批了，在香港玩了兩星期，他爺爺恨不得把心都掏給太平。老人家自己不抽菸、不喝酒，天天給孫子買吃的、穿的，買遊戲器、買玩具，兩人形影不離，連上廁所都要一道兒……」

老船長忍不住笑了起來，轉頭看了看傻瓜，他正趴在桌上，吮著指頭歪著頭，出神地看著桌上的文件呢。

「太平倒是挺文靜的。」

「可不是，」崔英的眼眶突然紅了。「他本來挺聰明的，年年考第一，要不是文革……」

「他怎麼會變成這樣？」

「那個紅衛兵頭頭存心要嚇唬他，每天一早就來到『牛棚』，用繩子把太平綑著，押去看人批鬥。太平親眼看見他父親被活活打死，親眼看著姊姊被人強暴，親眼看著哥哥跳樓自殺！鐵打的神經也受不住啊！」

崔瑛激動地說不下去了。老船長急忙倒了杯開水遞給她。「崔同志，這些年，妳可苦啦！」

「現在好了。」崔瑛喝了口開水，面上又恢復了微笑。「我有了個幸福家庭。現在這個丈夫也是文革中喪妻的，他帶了三個孩子過來。可是他對太平比對自己的孩子還疼；三個孩子也把太平當成親哥哥，很關心他。如今又有了個爺爺……」

「對了，崔同志。」老船長微笑著。「能不能請爺爺到我們船上的貴賓室去，大家見見面？」

「好啊！」崔瑛爽快地站了起來。「太平，我們走吧！」

傻瓜沒有回答，他站在辦公桌前，目光呆滯，好像一個木偶。崔瑛臉上的笑容又消失了，她拉著傻瓜，匆匆走出了船長室。老船長望著兩人的背影，微微嘆息了一聲。

這時，只聽見汽笛長鳴，「白鷺號」啓航了。

＊　＊　＊

貴賓室在客輪尾部一個閣樓上，一道丈多寬的樓梯，鋪著紅色地毯。樓梯下面是間小廳堂，正對面就是販賣部。

販賣部的女售貨員胡國心，正在整理櫃台內的貨品，一眼看見老船長一拐一拐地和吳強併肩走來。

他們走到貴賓室樓梯下面，船長拍拍吳強的肩膀。

「記住，你不是去道歉，而是去請罪。」

「放心吧，船長，」吳強激動地說：「我等了二十年，多虧你今天給我這個機會，我會珍惜的。」

吳強大步走上樓梯，推開貴賓室的門，走了進去。

胡國心最喜歡探聽小道新聞，她晃著兩根小辮子，迫不急待地問道：「船長，船長，發生甚麼事？」

老船長看著她那發急的樣子，忍不住噗哧一笑。「妳啊，是隻多嘴的麻雀，我偏不告訴妳。」

「唉呀，船長啊！」胡國心撒嬌地扭著腰。「你要不說，我今晚肯定失眠！說吧，好船長，我保證絕對保密！」

「好，我告訴你，這件事和第三次世界大戰……」

就在此時，一聲可怕的駭叫，使得船長和胡國心都嚇了一大跳。緊接著，貴賓室的門開了，吳強魂不附體衝了出來。他一腳踏空，整個人滾下樓梯。幸虧樓梯只有六階，又鋪著地毯，他沒受傷，但四肢發軟，再也爬不起來。

老船長拖著假腿，急忙大步上前扶起了吳強。

「死……」吳強兩排牙齒全在打顫。

「誰死了？」

「張太平的祖父死了！」

＊　＊　＊

緊急會議立即在客輪上層的會議室召開了。出席會議的全是船上的高級職員。這些人都是第一次同凶殺案打交道，個個神色緊張，坐立不安。大家都望著坐在主席位置上的那個光頭大漢。

他是客輪保安主任李唐。在調來白鷺號之前，他是廈門市公安局的刑警隊長。望著他那魁梧的身材及那泰然自若的方臉，大家彷彿吃了顆定心丸。

李唐一直不出聲，他知道這案件棘手。船上沒有法醫，唯一的醫生只會看感冒和暈船。船上也缺乏專業儀器，沒辦法進行基本的技術鑑定。一切只能靠他一雙眼睛了。

案發現場在貴賓室，屍體俯臥在正中的地板上，一條尼龍繩子緊緊勒住頸部，打了個八卦形繩結。貴賓室有冷氣，所有的窗門都鎖死，沒有破壞過的痕跡。因此，唯一的出口便是大門。大門對面就是販賣部，胡國心站在櫃台內，正好看得見所有進出貴賓室的人。

胡國心被叫到會議室來了。她生平第一次感受到自己的重要性，不由得眉飛色舞，洋洋得意。

「我是下午一點鐘到販賣部上班，」胡國心擺出了個獨唱演員的姿勢。「上班沒多久，我看見崔瑛一個人走入貴賓室。大約五分鐘後，她又出來了，向我買了包香菸。我轉身到玻璃櫃取了包『三個五』，再轉回身來，看見傻瓜走上樓梯，正要進入貴賓室大門。崔瑛一把拉住他說：『傻瓜，別上樓。』就把他拉下樓帶回艙裡去了。」

「可惜！」老船長輕輕用他的木製義肢跺了跺地板。

「怎麼啦？」李唐敏銳的目光瞟了一下船長。

「崔瑛告訴我，傻瓜和他爺爺形影不離，偏偏那一刻不在！要是他進入貴賓室，祖孫作伴，凶手大概不敢下手。」

「你說下去。」李唐盯著胡國心。她的領子沒扣好，可以看得見一條白色的乳罩帶子。

「崔瑛走後一會兒，有個香港打扮的少女進入貴賓室。但她很快就出來了。後來，就是吳強進去，發現屍體……」

「嗯……」李唐沉思了一會兒，轉向船長說：「趕快調查這個香港少女。」

「已經查到了。」老船長回答：「她叫王倩如，十五歲，回鄉證寫著是學生。」老船長沒說出來，王倩如就是被傻瓜推了胸脯的女孩子。

李唐佩服地點點頭。別看老船長跛了一腳，辦起事來可真俐落，頗有老刑警的作風。

「這個八十歲的老人，不在自己房裡待著，跑到貴賓室去幹什麼？」李唐想了一下，又提出了新問題。

「這要怪我，是我請他去的。」於是老船長就把吳強和崔瑛先後來見他的情形，及兩家二十年前的血債，一字不漏地說了出來。大家兒聽得目瞪口呆，全入了神兒。

「我本來想化解他們之間的冤仇，沒想到反而害死了他！」

李唐咳嗽了一聲，用一種權威的口吻總結道：「屍體就在貴賓室中間，一進門就看得見。一點鐘之後，崔瑛進入貴賓室，出來時態度平靜，證明那個時候張太平的祖父還活著。而在這之後，只有王倩如和吳強進入貴賓室。因此，這兩個人是最可疑的！」

大夥兒都點著頭，同意他的分析。

「王倩如走出貴賓室的時候，也是態度平靜。」胡國心大聲說道：「證明那時還沒有屍體，也證明崔瑛是清白的。」

「小胡，不簡單啊！」李唐向她伸出大拇指。

胡國心興奮得晃著她的小辮子，左顧右盼。

「屍體旁邊有一萬美金現鈔。」李唐繼續分析著。「沒有遺失，證明不是謀財害命，很可能是仇殺。」

「王倩如最不可能了！她才十五歲，老人去台灣的時候，她還沒出生呢，肯定無冤無仇！」老船長對這個大胸脯姑娘印象深刻。

「不，他們有仇！」胡國心又跳了起來。「剛剛船長說了，上船時，王倩如推了老人，又被傻瓜推胸，她肯定因此懷恨在心……」

「去！去！去！」李唐忍不住拍著桌子，「狗嘴吐不出象牙！」

飽受委屈的胡國心噘著小嘴坐了下來。大夥兒面面相覷，頓時緊張起來：崔瑛和王倩如都排除了，只剩下他……

「吳強不會殺人！」老船長激動地叫著：「我敢擔保！」

大夥兒都不出聲。吳強已經殺害了張家三條人命，難道不會再殺一個？

「有一個線索，可以幫助大家追查凶手。」

李唐用鉛筆在紙上畫了個八卦圖案。「老人是被這種繩結勒死的。我剛才試了很久，也學不會……」

大夥兒紛紛把頭湊到圖案上，議論著。

「很像是一種水手結。」大副搔著頭吞吞吐吐。

吳強雖然在船上多年，但只是服務員，不是水手。

「散會吧。」李唐宣布。他的神色依然高深莫測，看不出一絲端倪，真不愧是老刑警出身。

客輪已經駛出香港水域，無法得到香港警方協助。一切只有等明天上午，船到廈門港時，由廈門警方來處理。老船長立刻叫服務員發了封電報到廈門。貴賓室已鎖死，屍體移到冷藏庫去。至於嫌疑犯，反正船在大洋，不怕誰逃走。

走出會議室的時候，老船長長嘆一聲。「這位老人離鄉背井四十年，今天第一次回鄉，是誰跟他有深仇大恨呢？」

不甘寂寞的胡國心又從人群中擠了出來，「即使有什麼深仇大恨，四十年之久，也該化解了。」

「狗嘴終於吐出象牙了！」不知是誰插了一句，引起哄堂大笑。胡國心嬌嗔地追打著，漸漸遠去。

老船長望著她的背影，心中突然產生一個奇怪的感覺：剛剛開會時，胡國心的陳述似乎有個破綻，但是這破綻又像一陣煙，飄飄邈邈，想抓又抓不到。

＊　＊　＊

吳強走入船長室，看見老船長趴在辦公桌上睡著了。他輕輕地走近，拿起衣架上一件制服，替船長披上。這一來反而驚醒了船長。

「哦，吳強，你來要那份文件吧？」老船長睡眼朦朧，在桌上摸來摸去，怎麼也找不到那份「三十七號文件」。

「奇怪，我明明用筆筒壓著……」

「算了吧，船長，我不是來要那份文件，我是來揭發凶手的！」

這句話可把船長嚇醒了，他兩眼圓睜盯著吳強。「你？知道誰是凶手？」

「三個嫌疑犯，王倩如和老人毫無瓜葛；我又沒殺人；事情不是明擺著嗎？肯定是崔瑛！」

「笑話！」老船長搖著頭。「崔瑛和老人又沒仇。」

「不是仇恨，而是恐懼！」

「恐懼也會殺人？」

「是的。二十年前，我當紅衛兵頭目的時候，曾經收到一封信，揭發張太平的祖父在台灣。我就是根據這封信才把張太平一家人抓起來。這封信就是崔瑛寫的。」

「不可能！」船長攤開雙手。「她怎麼會寫信害自己家?!」

「當時我審問過她，她說……」吳強喘了一口大氣。「她說，自從我起草『三十七號文件』之後，已經有幾家台灣家屬倒了楣。她知道自己家的台灣關係遲早也要暴露，所以想搶先表功，揭發自己的丈夫，以換取紅衛兵對她的寬恕。」

「哦，難怪她可以平安無事活下來。」

「這件事只有我知道。但是今天我們在舷梯相遇了。偏偏船長你又叫太平的爺爺到貴賓室去，崔瑛一定可以猜到，是我想見太平的爺爺。」

「可是，你是去向太平的爺爺請罪啊！」

「崔瑛想不到的，我曾經是個心狠手辣的紅衛兵。她以爲我見太平的爺爺，一定是去揭發她這段往事。」

「啊，我明白了！」船長情不自禁拍著自己的木頭假腿。「太平爺爺一旦知道害死他兒子的竟是她，一定會到處控訴，崔瑛就會身敗名裂。說不定她丈夫和孩子都會唾棄她。」

「老人帶去的美金和電器也不會給她。」吳強憤怒地說著：「她沒能力殺我滅口，只好殺了老人！」

老船長呆坐著，只覺得心跳加速。這麼一個和藹可親的老太太，竟是個出賣全家的人。突然間他「刷」地一聲跳了起來。

「得趕快通知李唐！」說著，他一拐一拐地大步走出船長室，木製義肢踩在地板上，發出「咚咚」的響聲……

＊　＊　＊

遼闊的海洋掀起了黑色的波浪，天空中翻捲著一團團烏雲，一直壓到海面上。白鷺號破浪前進，後甲板那面紅旗在疾風中嘩啦啦直響。

保安主任李唐倚在甲板欄杆上，悶聲不響抽著香菸。

「老李，」船長吃驚地望著他，「你不相信崔瑛是凶手？」

李唐悠然地吐出了一口菸。「船長，論航海，你內行；論破案，可就跟胡國心差不多了。你想想，如果是崔瑛殺人，在她之後進貴賓室的王倩如就會看見屍體……」

「可不是？」老船長不好意思地搔著頭。「王倩如出來的時候，平平靜靜……」

「還有屍體上那個八卦形繩結。」李唐胸有成竹分析著。「剛才我叫了幾個老水手一起研究這繩結，他們全不懂得結，證明這不是水手結。據水手長老余頭回憶，這種繩結是福建北部三沙島的漁民捕捉鯊魚的獨特手法，兩秒鐘就可以結好，越掙扎越收緊，幾十秒就能勒死鯊魚……」

李唐口沫橫飛，老船長沒話說了。崔瑛是貴州人，張太平的親生父親是山西人，繼父是河南人，都離海遠著呢！

「那麼，」船長搭訕著：「你覺得這件凶殺案……」

「我懷疑王倩如。」李唐狠狠捺熄了菸頭。

「她？」船長張口結舌。這個最不可能的少女？

「我查了王倩如的回鄉證，你猜她家住哪兒？」

「住香港啊！」

「香港鴨俐洲，那是香港的漁民區！」

王倩如一家可能是漁民，她大概會打八卦結。老船長連連點頭，敬佩地看著李唐，連香港的地理都瞭如指掌，看起來刑警這碗飯可不容易吃啊！

「王倩如和太平的爺爺素未謀面，不可能是仇殺，很可能是見財起意……」

「喂，老李，」船長急忙提醒他。「屍體上有一萬美鈔。一萬美元等於七萬八港幣，對一個十五歲女學生來說，是筆鉅款了，她都沒拿，怎麼會是……」

「哼，」李唐冷笑一下。「就是這一萬美金使我感到可疑！」

「可疑？」老船長左思右想。「難道是僞鈔？」

他正想開口向李唐請教，就在此時，傳來一聲慘叫，一聲震撼人心的慘叫。

船長和李唐一起探頭朝甲板下面望去。

眞是冤家路窄！

在一條狹窄的走廊上，吳強和傻瓜張太平迎面碰上了。那聲慘叫就是傻瓜發出的。他全身顫抖，面無血色，一步一步後退著。「別綑我……別抓我……我這就滾，請您……饒命……」

「唉，太平，你聽我說，」吳強一步一步向前走著。「我沒有惡意啊，你別退啊。」

「別打我……我擁護紅衛兵，」傻瓜一邊後退，一邊舉手行軍禮。「向紅衛兵致敬！」

「我不是紅衛兵，」吳強哭笑不得。「你說什麼傻話啊！」

「我不傻！」傻瓜嚇得魂不附體。「爺爺說了，他準備用十萬塊治我的病，我會好的，我不傻，您高抬貴手，千萬別抓我……。」

吳強越急著解釋，傻瓜就退得越厲害。老船長火了，朝著吳強咆哮著：「吳強，你他媽的給我滾回去！滾！」

吳強抬頭瞟了眼船長，眼中飽含著痛苦和羞愧，終於垂下頭，有氣無力地轉身走下船艙去了。走廊上只剩下傻瓜一個人，但他還是在後退著，在他後面就是一道通往下層的樓梯，傻瓜完全看不見，再退一步他就摔下去了。

「太平，有樓梯！看路啊！」船長和李唐急得同時喊叫。

傻瓜停下，回頭看看樓梯，然後又向船長他們傻笑一下，居然慢慢倒退著下了樓梯。

「我不傻，我懂得這樣下樓梯，」傻瓜自言自語：「媽媽教我的，我聰明，我不傻……」

老船長呆呆望著傻瓜在梯子下消失，心情格外沉重。這個四十歲的人，智力卻只有五、六歲，這一切都拜吳強所賜。

「我要是傻瓜的祖父，我絕饒不了吳強，即使他來請罪，我也無法寬恕他！」老船長思潮起伏。「我一定會打他！吳強就會還手！會不會他失手……」

老船長正要向李唐說出自己的想法，卻看見李唐滿面春風，向他彈了一下響亮的手指。

「船長，你有沒有發現，剛才這一幕，包含著破案因素？」

「是啊，我隱隱約約有一種感覺。」

「那是什麼呢？」

「我……」船長不好意思地笑著。「一時又說不出來。」

李唐傲然一笑。「傻瓜說，他祖父準備花十萬塊治療他。」

「那又怎麼啦？」船長像個小學生似地畢恭畢敬請教著。

「怎麼啦？你忘了？我們在屍體上只找到一萬元美鈔，他哪來十萬塊錢治病？」

一萬美金，官價三萬多人民幣，黑市價六萬，怎麼樣也算不出十萬來！

老船長頓時明白了。

「他身上應該有十萬美金。」

＊　＊　＊

保安室在客輪中部底層，四面鋼板，連扇窗也沒有。關上鋼門，頓時有種牢獄的感覺。

王倩如坐在保安室的鋼椅上，驚惶萬狀地看著李唐。李唐倚在一把靠背椅上，面前是張鋼桌，上面放著王倩如的旅行袋，袋中的東西已經全掏出來，擺在桌面上。

「妳的回鄉證上塡著，這次妳帶了兩千元港幣。」李唐像隻逮到耗子的老貓。「但是，在妳的旅行袋中卻找到九萬塊美金。我相信，這些鈔票上一定有死者的指紋。明天早晨船到廈門，就可以驗出來……，妳很聰明，居然只拿九萬，捨得留下一萬之鉅，將破案方向引向仇殺……」

「我承認！」王倩如哇地一聲哭了出來。「我沒殺人啊！」

「罪證確鑿，還想抵賴?!」

「冤枉啊！我進去的時候，那屍體已經在地上了！」

「看見屍體，怎麼不呼救？」

「因爲……，」王倩如羞愧地垂下頭。「屍體上放著一疊美鈔，厚厚一疊，我知道自己一輩子也賺不了這麼多。如果我呼救，就得不到這些錢了。所以……我知道錯了。叔叔，饒了我吧！」

「哼……」李唐正想拍桌怒斥，冷不防一眼瞟見桌上王倩如的那本香港護照，上面寫著地址：九龍鑽石山。

「咦？」李唐皺起眉頭。「怎麼你兩本證件地址不同？」

「我們家在鑽石山上住了三十年，今年初才搬到鴨俐洲。」

原來王倩如家根本不是漁民！這樣，她肯定不懂八卦繩結，因此她的這番供詞看起來是可信的。

「叔叔，」王倩如瘋狂地抓著他的手。「我眞的沒殺人啊！」

「我相信妳。」李唐的聲調出奇地溫和。

「我退還九萬，」王倩如哆嗦著：「下次再也不敢了。」

「但是別人不相信妳！」李唐突然沉下了臉。「因爲妳的罪證最多，嫌疑最大！這樣一來，明天船到廈門，妳將被當成嫌疑犯關進監獄！獄卒會強姦妳！犯人會折磨妳！如果破不了案，公安局又急於立功的話，可能把妳當成眞凶辦了！」

王倩如「噗通」一聲跪在地上。「叔叔，救救我！」

桌上的檯燈照著李唐的光頭，閃閃發亮。他用手慢慢在光頭上摸了一圈，輕輕地說：「我可以救妳。」

「電視、冰箱、錄影機……」王倩如急迫地說：「叔叔缺什麼儘管說，我回香港保證送上！」

「我要這個！」李唐的手掌猛地抓住了那高聳的乳房。

王倩如觸電般一震，下意識地要退縮。可是一接觸到那獰笑的目光，她不敢掙扎了。

長著粗黑汗毛的手掌，像一條毒蛇，伸入了襯衫……

兩顆淚珠滾下了蒼白的臉頰……

＊　＊　＊

快到晚餐時間了，廚房裡一片緊張氣氛，一點也不受凶案影響。三個廚師忙得連汗也顧不得擦。客輪上閒著的服務員們，全都奉命趕來幫忙。胡國心和幾個女孩子分配去洗魚。

「救命啊！」胡國心左手抓著條麻繩，右手抓著條鰻魚，驚慌地跑到吳強身邊，尖叫著：「快，幫我綁上它！」

吳強接過麻繩，三下五除二就綁好鰻魚，正要遞給胡國心，一看她的表情，吳強愣住了。

胡國心晃著小辮子，一副大偵探的派頭。「我在試探你！」

「試探我？笑話，」吳強反脣相譏。「試探我綁魚？」

胡國心冷笑著舉起那條鰻魚。

魚身上的麻繩打著八卦形繩結。

吳強在眾同事猜忌的眼光中，悻悻然離開廚房，回到餐廳幫著擺餐具。但在這裡也不好受，同事們也都指著他的背脊，竊竊私語。原來一開完會，胡國心就迫不急待地跑遍全船，把會議內容加油添醋地傳開了。

「砰」地一聲，餐廳的大門被撞開了。胡國心拉著崔瑛闖了進來，身後跟著一群義憤塡膺的旅客。

「就是他！」

胡國心指著吳強，「他會打八卦形繩結！」

「凶手！」崔瑛嘶叫著衝了上來。「我跟你拚了！」

吳強本來揮臂要招架，一眼看見崔瑛頭上那朵白絨花，這是她替公公帶的孝。不知怎地，吳強又垂下了手。

「我有罪……」吳強話未說完，就挨了崔瑛一巴掌。

「他供認了！」旅客中有人喊著，「轟」的一聲，大夥兒全湧了上來，拳打腳踢，揪頭髮的、撕衣服的、破口大罵的……

「住手！」一聲霹靂般的怒吼。

木製假腿踩在地板上，發出「咚咚」的響聲。老船長一拐一拐走了進來。大家都懾於他的威嚴，紛紛讓出條路。老船長走到吳強身邊，把他攙扶起來。吳強鼻青臉腫，滿臉鮮血。老船長趕緊掏出手帕，替他擦著臉。

「船長，他會八卦結！」胡國心挺身而出。「你要主持公道！」

這一聲又將旅客們的情緒煽動起來了。

「他自己都認罪了！」崔瑛嚷著。

「嚴懲殺人凶手！」

群情激憤，大夥兒又逼到吳強身邊。老船長將吳強摟在自己懷中，慢慢地拭著他臉上的血跡。他一聲不吭，似乎不把周圍的人放在眼裡。

「船長，」崔瑛用手指著他大叫：「你想包庇殺人凶手?!」

「爲什麼包庇凶手？說！你居心何在?!」

「吳強是個血債累累的紅衛兵，你還那麼關心他?!」

「船長，我們這班人全是文革中受過紅衛兵折磨的！你要拿出良心來，支持我們，嚴懲這個紅衛兵劊子手！」

「良心？得了吧！人家船長在文革中，說不定是舒舒服服，當紅衛兵的座上客呢！」

「哼，這老傢伙！你們看他對吳強那殷勤樣兒！說不定文革中，他是紅衛兵的走狗呢！」

「噹」的一聲，老船長把他的左腿用力跺在凳子上。

「我是紅衛兵的走狗?!」老船長捲起褲管，用手指憤怒地敲著那木製義肢。「看看我這腿吧！」

「一九六六年，集美航海學校的紅衛兵把我抓走了，說我們這些跑遠洋的，全是帝國主義的走狗。我們被關入『牛棚』，每天罰抄《毛澤東選集》三萬字。大家抄得眼花撩亂，精疲力竭。其中有一句『以退爲進』，被我抄成『以進爲退』……紅衛兵說我有意竄改最高指示，毒打了三天三夜，我腿上傷口受了感染，最後只好切掉……」

老船長一拐一拐走到旅客們面前，凝視著他們。「你們說，我會同情紅衛兵？我會包庇紅衛兵？」

幾個帶頭鬧事的老乘客低下頭來，躲避著他的目光。

「國有國法，家有家規。難道我們也像紅衛兵一樣，蠻不講理，私自動刑嗎?!」

旅客靜靜地散去了。

吳強躺在椅子上。「船長，今兒要不是你，我早就完了。」

船長沒有回答。吳強睜開烏青的眼睛，看見老船長似乎心臟病發作，摀著胸直喘大氣。

「船長，你怎麼啦？」

「吳強，你馬上通知全體高級職員，立即開會！」

「船長，啥事？」吳強差點以爲他要宣布遺囑了。

「我要宣布凶手名字。」

「船長，」吳強慌了。「我會打八卦結，可是我沒殺人啊！」

「少廢話，開會吧！」

*　*　*

會議室坐滿了人。王倩如、崔瑛、吳強和胡國心也被叫來，坐在牆角。李唐雖然坐在主席位子，卻鐵青著臉。沒想到破案的居然是外行的船長，使他這個保安主任的顏面全丟光了。

「待會兒，」李唐暗暗盤算著。「不管船長提出誰的名字，我都得駁倒他。」

亂哄哄的人群突然靜了下來。「咚」……船長一拐一拐地走入會議室。大夥兒全都用敬佩的目光望著他。

「船長，」性急的胡國心忍不住了。「究竟誰是凶手？」

「傻瓜張太平。」

大夥兒幾乎以爲老船長變傻瓜了。進入貴賓室的明明只有三個人，傻瓜不在其中啊！

「船長，你忘了？」胡國心笑了起來。「下午一點之後，我才看見傻瓜，他那時才走上樓梯，準備進入貴賓室呢！」

「不，那時，他正要退出來。」

「什麼？他不是進，而是退？」胡國心不信。

「他是以進爲退！」船長笑了，他剛才回憶斷腿往事時才觸動靈機，想起了破案的關鍵。「下午，我和李主任在甲板上，親眼看見傻瓜倒退著下了梯子，他說是媽媽教的。既然如此，他就可能在作案之後，用同樣步法退出現場。當胡國心乍眼看見傻瓜面向貴賓室，背向樓梯，下意識就覺得他是正要進去。」

「就算他以進爲退吧，」胡國心不服氣。「他退出貴賓室大門一剎那，我也該看得見，那樣我就可以識破……」

「那一剎那，妳正好回頭去取菸。」船長目光炯炯。「我一直懷疑，崔瑛親口說過，她、太平和爺爺都不抽菸，爲什麼走出貴賓室時，她偏偏要向你買菸呢？」

「啊！」胡國心大叫：「她買菸，我就得回頭去取菸，傻瓜就趁機一剎那退出大門，當我取好菸回身過來，看見他的姿勢，在加上崔瑛故意喊了一句：『別上樓』，我就形成錯覺了。」

「由於這個錯覺，我們以爲傻瓜與案件無關，一直沒有盤問他。他是一個不懂得撒謊的人，只要一問，肯定會說出眞相。不過……」船長瞟了崔瑛一眼。「在我們傳訊傻瓜之前，我想先請崔同志發言。」

崔瑛站了起來，神色顯得非常頹喪。

「我承認，太平確實是凶手，當時，船長想見太平的爺爺，太平當然跟著一塊去。我上廁所，遲了一會兒。沒想到一進門就看見太平蹲在地上，勒著爺爺。我上前一摸，已經斷氣了。於是，我就把爺爺懷中十萬美金掏出來，擺在屍體上。我相信這筆鉅款的誘惑，如果下一個進來的人貪錢，他就不會聲張，我就可以擺脫嫌疑了……」

船長不由得扭頭看了王倩如一眼。她面無血色，像個木頭人。

「她一定在後悔自己貪錢吧？」船長心想。

「……放好美鈔之後，帶著傻瓜出去是個難題。如果被小胡同志看見他，他就要接受問話，他會爽快承認，我不想失去親生的兒子，所以我就騙他說，後退下樓，人會變聰明，他當然聽我的話照做，結果……後面的事就像船長分析……」

「傻瓜不懂得八卦結！」等待已久的李唐冷笑著。

「他懂得的！」吳強站了起來。「我教他的。」

「你什麼時候教他？」李唐完全不相信。

「二十年前！」吳強苦笑。「那時我天天綑他去批鬥，用的就是八卦結。每次我折磨他，他都盯著那八卦結，前後三個月，天天如此，他的手至今還留下痕跡，傻瓜別的事傻，文革的事，他可是刻骨銘心！」

「你眞沒人性！」胡國心忍不住大罵。

李唐摸了摸光頭，竭力想找出破綻。「傻瓜跟他爺爺感情這麼好，他爲什麼要殺爺爺呢？」

「我沒問他。」崔瑛搖著頭。「也許他傻病發作……」

「不！」李唐侃侃而談。「太平只是弱智，他不是瘋子！不會神經錯亂！崔瑛說過，別人打他，他都不還手，他怎麼會殺人呢？」

「是啊！」船長也想起來了。「爺爺被王倩如推一下，他都不能容忍，要說他殺爺爺，這……」

這時，門開了。傻瓜走了進來，大夥兒全傻了。

「是我叫他來的。」船長和顏悅色地招呼著傻瓜：「太平啊，過來坐下。是不是你殺了爺爺啊？」

「不是殺。」傻瓜笑嘻嘻用手比劃著：「是我用繩子勒死他。」

「你爲什麼要殺爺爺啊？」崔瑛含著淚。「他對你那麼好！」

「爺爺是反革命！逃到台灣的人全是反革命！」

「眞是個傻瓜啊！」崔瑛向大家解釋：「他產生幻覺了。」

「不是幻覺！我有證據！」傻瓜笑著。

「什麼證據？」幾乎所有人都脫口而出。

「文件！第三十七號文件！」

傻瓜從褲袋中掏出一張發黃的紙，得意洋洋揮舞著。

「我在船長辦公桌上看見的，我不傻，我知道船長是個大人物，他看的文件是機密的。我偷了！我看了！白紙黑字！千眞萬確！紅衛兵又來了！台屬又要被抓入『牛棚』了！後爹又要被打死了！小弟要跳樓自殺了！大妹、二妹又要被強姦了！我要救她們！我不能讓爺爺害了全家！」

整個會議室陷入死一般地寂靜，誰也說不出話來。所有的目光都集中在吳強身上。

他起草的這份文件，二十年前，害死了張家三條人命；想不到二十年後的今天，依然產生了這麼可怕的後果。

＊　＊　＊

太陽出來了。「白鷺號」鳴著汽笛，緩緩駛入廈門港。

薄薄的晨霧很快散去了，站在甲板上，可以清楚地看見碼頭擠滿了接客的人群。

一輛白色的小轎車停在碼頭上，這是「台胞聯誼會」派來迎接太平的爺爺。他們似乎不知道凶殺案的消息。

一輛黑色的警車也停在碼頭上，全副武裝的刑警排成整齊的隊伍，威風凜凜，似乎知道了凶殺案消息。

甲板上，老船長默默望著他們。一夜之間他蒼老了許多。也許，他心中仍然不停地責問著自己：

「我該不該破案呢？」

保安主任李唐悄悄走到船長身邊，涎著臉笑著。「船長，待會兒公安局的人就上船了……我在想，您是搞航海的，破不破案對您影響不大……所以……哎……您能不能說……哎……是我破的案……您多幫幫忙……因為……我……」

「我會說是你的功勞。」船長厭惡地揮了揮手，再也不看他了。

「謝謝！謝謝！……」李唐連連鞠躬，很快跑下甲板，跑到舷梯前，迎接登船的刑警。

崔瑛哭得像個淚人。「我去坐牢！不要抓我的兒子啊！」

王倩如也在哭著，沒人知道她在哭什麼……

吳強突然嚎啕大哭，瘋狂捶打著自己的胸膛。「我才是兇手！我才是兇手！你們抓我啊！」

甲板上擠滿了乘客和服務員們，大家默默肅立著，彷彿在替傻瓜送行。

胡國心從人群中走了出來，她哭了一夜，到現在仍泣不成聲。她雙手捧著一張紙，走到船長身邊，哽咽地說著：

「這是我通宵起草的請願書，上面有全體乘客的簽名。我們要求公安局赦免張太平……」

老船長伸出顫抖的雙手，接過了這張請願書，眼淚不住地從那張飽經風霜的臉滴了下來，打濕了請願書……

「他不是兇手……他不是兇手……」老船長嗚咽著。

「哈……」

只有一個人在大笑。

傻瓜衝到甲板邊緣，把上身伸出欄杆，向著碼頭上興奮地揮著手，他蹦著、跳著、笑著、喊叫著：

「喂，後爹！小弟！大妹、二妹！你們放心吧！爺爺死了！我們不是台屬了！我們可以活下去了！」

最後一課

「噹……」上課的鈴聲響了。

本來就不大的教室擠滿了人，顯得更小了。除了畢業班的學生之外，其他年級的學生也亂哄哄地擠在教室後面幾排空凳上。找不到座位的學生乾脆坐在四個大窗台上。教室前面放著七、八張靠背椅，校長和幾個老師坐著。

因爲是客人，所以我被安排在最前面一排，坐在校長旁邊。

鈴聲停了，課堂內一切嘈雜聲也消失了。

教室門口，出現了一個又矮又瘦的人影。灰白的頭髮，微駝的背，架在鼻上的塑膠框眼鏡，掛在嘴角的微笑……

所有的人都站了起來。「教授好！」

教授瞇著眼，打量著水洩不通的教室，微微一鞠躬，請大家坐下。

「人眞多。」

教授帶著江浙腔調的普通話，引得大家都笑了起來。

「今天，是我最後一課，臨別秋波嘛，我給大家帶來一個禮物。」

我有些納悶，在台灣，應該是學生送禮才是啊。

「不過別太高興，」教授一笑。「我送給大家的禮物，就是一場考試。」

「轟」的一聲，課堂上頓時炸開了鍋。本來以爲教授的最後一課，必定是總結性的，或者是有益的臨別贈言，沒想到卻是一場枯燥無味的考試，難怪學生們吵了起來。

「偷工減料嘛！學生們忙著答卷，他老人家就不用教課了。」背後傳來老師們低聲議論。我也很失望，看來今天白跑一趟了。

「教授，不好嘛！」膽子大的學生嚷了起來。

教授一副鐵石心腸模樣，銳利的目光從舊式眼鏡後掃視著教室每個角落，然後突然用手一指：「劉嘉，妳好像滿不在乎？」

我扭頭望去，所有人也都回頭望著。

角落裡坐著一位姑娘，白白的，直髮，乍看之下，很像山口百惠。她大概是全班唯一的一位女生，儘管坐在角落裡，仍然是教室的重心。

劉嘉站了起來，兩手交叉在胸前，很瀟灑。「您說要考試，但兩手空空，沒有試卷。所以我想，這場考試一定很特別。」

教授點了點頭，然後指著那班男生，「你們這些急性子，如果像劉嘉這樣，肯用眼睛，成績會更好。」

男孩子們都不好意思地笑了起來。

「你們都玩過『十八問』的遊戲吧？」

「十八問」的遊戲在這裡很流行。通常由一個人選擇一個謎底，例如某個人名，然後由其他人來猜。猜的人向主人提出各種問題，主人只回答「是」或「不是」。如果能在提出十八個問題之後猜出答案，就算贏了。在台灣好像也流行過一陣子吧？

「我先說出一個案件，由你們提出問題，尋求答案。如果能在我教的這兩節課內破案，我就每人加十分。」

這實在是個很有趣的考試，學生們一個個趕緊掏出紙筆，伸長脖子，雀躍地迎接這場挑戰。

「上星期三，夜裡十二點，」教授故意說得很慢，方便同學記錄，「在市郊公園，發生了一起謀殺案。」

他停了下來，望著大家。「好了，該你們發問了。」

同學們交頭接耳，三五成群地討論著。十八問的每一問都很重要，不能浪費。

早晨的陽光在玻璃窗外閃爍著，矮矮的紅磚牆，小小的操場，長滿青草的屋頂。屋頂上插著一面很大的紅旗，在風中呼拉拉地飄著。

旗上繡著金黃色的大字：秦皇島刑警培訓學校。

上課之前，校長向我介紹過，這所學校並不是正規學校，而是市公安局自己辦的一個培訓中心。招收的學員都是市裡的現役刑警，各科的老師也是抽調一些經驗豐富的老刑警來擔任。校長本人則是市公安局副局長兼任。

學校中唯一正規的，就是教授，他在北大教心理學的。刑警學校走了後門，向北大借調他一學期，給畢業班開了一門「犯罪心理學」課程。教授名不虛傳，把一門抽象艱澀的學科，講得生動有趣，很受學生歡迎。甚至很多老師有空的時候，也都跑來旁聽。

今天是教授的最後一課。教完這一課，他就回北京，準備去日本講學。

教授戴著一副五十年代的塑膠框眼鏡，本來白色的質料，已經變黃了。他的眼鏡老是滑在鼻樑上，一對綠豆般的小眼珠，就從眼鏡上方注視著學生。

「怎麼啦？都變成啞巴了？」

一個身材魁梧的小伙子舉起手，語氣凝重地問道：「凶器是刀？」

大家都屏息望著教授。這是十八問的第一問，太重要了。

「是的。」教授托了托眼鏡。「刀還留在屍體上。」

課堂上一陣喜悅的「嗡嗡」聲，一擊即中，這就把範圍大大縮小，每人加十分的希望增大了。

校長情不自禁瞟了小伙子一眼。

「他是班長，叫崔柱國。」有位老師悄悄向校長和我介紹著：「入學之前是刑警小隊長。」

校長點點頭。看來，他對學生也不熟悉。

老實說，崔柱國雖然一下子就猜到凶器是刀，但我並不十分佩服。大陸不比台灣，老百姓絕對沒槍，一般凶殺案往往是用刀。

崔柱國把垂到額頭的一綹頭髮輕鬆地一撥，謹愼地發問：「死者……不是男的？」

「對。」

教室又是一片讚嘆聲。其實，這也不足爲奇，用刀殺人，受害者自然是女性居多。而且我也猜得到，女死者一般都是裸體的。

「死者身上沒穿衣服？」

「對。」

「她的奶很大？」

這一問並不是崔柱國提的，而是窗外不知哪個低年級調皮鬼在搗蛋。

「這一問不包括在『十八問』。」崔柱國抗議。

「不包括。」教授微笑著。「不過我還是可以回答，死者的奶的確很大。」

一陣大笑。笑得最大聲的，就是坐在我身邊的校長。

崔柱國目光炯炯，「死者身上沒有綑綁掙扎的痕跡？」

「對。」

「死者身上只有一處傷口？」

「對。」

「傷在胸脯上？」

「對。」

「一刀刺中心臟致死？」

「對。」

「死者陳屍處就在市郊公園？」

「對！」

幾乎崔杜國的每一問，都引起一陣掌聲。

他喘著大氣，神采飛揚。「我破案了！」

這一下，連我也有些吃驚了，就這麼七、八問，他居然能破案了？太懸乎了吧？

「杜國，來，講一講。」

教授慈祥地招著手。崔杜國站了起來，走到講台前，興奮地望著大家。「市郊公園夜裡十點半閉園，一般的遊客都要離開，管理員開始清場。特別是『六四』以後……」

「鎮壓反革命暴亂！」校長糾正著。

「對，平暴之後，北京逃出很多學生。公園查得更嚴，公安局派了很多人。在這種情況下，凶手如果挾持受害者到公園內行凶，實在很冒險，幾乎不可能。夜裡十二點，還可以逗留在公園內的，除非是公園內的工作人員。她不穿衣服，又沒有掙扎過的痕跡，很像是男女幽會。凶殺案中，一刀要殺死人是很難的，但是，如果在幽會的時候，女方脫光衣服，躺在地上，閉上眼睛……男的狠狠一刀……所以，凶手一定是死者的丈夫或情人，只要查到死者名字，就可以抓到凶手。」

崔杜國一口氣說完，性急的同學又鼓起掌來。

教授摘下眼鏡，用嘴呵了口氣，在袖子上擦了擦，一邊問著大家：「你們覺得如何？」

「紅色福爾摩斯！」

「男性阿嘉莎・克麗絲蒂！」

「現代包公！」

調皮的男孩子們七嘴八舌地嚷著。

「雖不中亦不遠矣。」我心中暗暗盤算著，再加一點枝葉，崔杜國這番推理，就可以發展成一篇小說了。

教授把眼鏡戴上，嘆了口氣。「我給杜國八個字評語：差之毫釐，謬以千里。」

同學們一個個目瞪口呆。我也覺得這心理學權威有些太賣弄了，「謬以千里」？太誇張了吧？

「嘉嘉，妳有什麼看法？」

老頭又盯住劉嘉。我忍不住有些懷疑，是不是劉嘉長得漂亮，他特別青睞有加？

「秦皇島三十多萬人，還不如北京一個區……」劉嘉不僅人漂亮，聲音也好聽。「一年到頭，本市沒兩個重大案件。如果公園發生裸女艷屍案，早就轟動全市。最低限度，咱刑警學校也一定知道。但是，上星期三至今，我們連聽都沒聽過……我有個預感，既然是教授的臨別秋波，這十分就沒那麼容易賺……」

「哈！」教授忍不住大笑。「我給妳一個字的提示。」

他轉身走到黑板前，抓起粉筆，在黑板上「唰唰」地揮臂寫下一個很大的「蟲」字。

教室內靜悄悄的，所有人都隨著這個「蟲」字，絞著腦汁。

難道死的不是一個人，而是一條蟲？

「杜國，如果現在讓你重頭開始問，你會怎麼問？」

「死者……是不是人？」

「不是。」

崔杜國問不下去了，難道問死者是不是一條蟲？蟲沒奶啊！

劉嘉瞪著黑板，突然一晃那烏黑的短髮。「是不是一隻老虎？」

「是。」

全班突然爆發出一陣大笑，我也笑了，校長連眼淚都笑了出來，抓著衣角抹著。

笑聲中，狼狽不堪的崔杜國脹紅著臉，恨不得地上有個洞鑽進去。

「大家不要笑。剛才杜國推理的時候，你們不也覺得頭頭是道嗎？」

笑聲不好意思地收斂了。教授惡狠狠地用手指敲著桌子。

「你們都是刑警，入校之前辦過不少案子，怎麼會發生這種疏忽呢？因為我剛才強調這是一場考試，你們都緊張了。校長他們在旁聽，也增加你們的壓力，你們很想表現一番，如果問一些普通問題，就表現不出你們的智慧。再加上我故意強調『謀殺案』、『奶很大』這些字眼，這就使你們忽略了一些最基本的問題。其實，『基本』這兩個字，意味著『最重要』，這就是我臨別送給大家的第一份禮物。」

學生們都低著頭，「沙沙」地在筆記本上記錄著教授的金玉良言。

教授走到講台邊，拿起一個青花瓷杯，啜了一口茶，輕輕放下杯子，望著大家，臉上又恢復了微笑。

「好了，現在回到嘉嘉的問題上來。市郊公園的東北角，就是動物園。上個星期三夜裡，動物園唯一的那隻老虎被殺了，一把短刀從奶頭刺入，直插心臟。因為是動物，所以園方沒向公安局報案，而是報告給市委。結果黎明時分，市委書記坐著小汽車來了，把那張老虎皮要走了。至於虎心、虎肝、虎肺、虎骨、虎肉等，在中午之前也被幾位副市長瓜分得一乾二淨。所以我們現在無法提供驗屍報告……」

校長似乎有些一些坐立不安，乾咳了兩聲。

「當然啦，」教授趕忙補充：「當然啦，市委領導很辛苦，補一補也是無可厚非的。」

大家都笑了起來。

「好，剛才只是序曲，現在，才是眞正的考試開始，請問大家，凶手爲什麼要殺老虎呢？」

發乎全班都舉起手來。

「這不明擺著嗎？老虎一身是寶，一張虎皮値幾萬塊……」

崔柱國不甘示弱，轉向了發言的同學，「那麼，爲什麼凶手不把虎皮剝走呢？」

「也許，正好有人來，他嚇跑了？」

「哼，這人有膽刺虎，會那麼容易被嚇跑？虎屍唯一的刀傷是奶頭上的一刀，證明凶手根本沒有嘗試過要剝虎皮。」

「杜國說得有道理。」教授走到崔柱國身邊。「我到動物園調查過，那一夜沒人走近虎籠。從半夜到天亮，凶手有足夠時間割下虎皮。」

這個動機被否定，大家都傻了。

「有關犯罪動機，我平常講得最多。怎麼？現在都派不上用場？」

「不行啊！教授，你平常總是說殺人動機，不外是情殺、仇殺、謀財害命……」

「妒嫉……」

「殺人滅口……」

「但是，沒人會跟老虎三角戀愛啊？」

「誰也不會跟老虎結仇。」

「老虎也不會告密……」

「哈……」教授又笑了。「『學我者生，似我者死』，記得齊白石的這句話嗎？」

「有了！」坐在窗台上的一個小鬼嚷著。「這是一個瘋子。瘋子不怕死，所以敢去刺虎。他又不懂得虎皮的價值，刺完了，拍拍屁股就走了。」

「通啊！」

我扭頭一看，是胖胖的校長在搖頭晃腦。

「杜國，你說。」教授似乎拚命給他機會。

「老虎白天睡覺，夜裡凶猛，膽敢在夜裡拿把刀去殺虎，看起來很像瘋子。但是，一刀刺入心臟，只有老虎兩腿直立的時候才可能。老虎不是熊，平常不直立，只有撲向人的時候，才接近直立。凶手必須抓住這千鈞一髮之際，一刀刺中心臟，虎皮又那麼厚！他不僅需要力量，更需要技巧、膽識、目力，缺一不可，這就不是瘋子所具備。」

「分析得好！」教授幽默一笑。「要是我這場考試的謎底，居然是個瘋子，那也太侮辱你們的智慧了。」

這句幽默的話只引起幾聲苦澀的笑聲。本來以爲集合全班數十人的智慧，什麼複雜的案子都可以偵破，現在卻被一隻畜生難住了。

我的腦子也沒有停住，我很想在秦皇島替台灣人爭一口氣。不過，算了，還是用這機會欣賞美女吧！

我盯著劉嘉，一直期待著再聽到她的聲音。她穿著一身雪白的洋裝，冷冷地坐在角落，潔白的牙齒微微咬著嘴唇，右手抓著原子筆，在筆記本上龍飛鳳舞地劃著。我偷偷一瞟，他媽的，窗口上那票人全伸長脖子盯著她呢！

「我猜猜看。」

這低沉渾厚的聲音從我背後發出。我吃驚地回頭一看，這是一位年約五十的老師。

「哦，田老師？」

同學們興奮起來，田老師拔刀相助，一定不同凡響。

「我覺得，犯罪動機可能是仇殺。」

「人跟老虎有仇？」

「大家也許記得，前年夏天，有個小孩參觀豹籠，不慎被抓傷了，盲了一目，這不就有仇嗎？」

「但是，這隻老虎並沒有這類事故……」

「不錯，」田老師一副老謀深算的樣子。「或許老虎傷人，不是現在的事，而是在牠進動物園之前，當牠還在山上的時候。假設牠咬死某個人，這個人的家屬就跟牠有仇，才會殺虎洩恨而不要虎皮。」

果然是出自老師之口，思路奇巧，還眞虧他想得出。

「田老師不愧是老刑警。」教授很有禮貌。「可惜這隻老虎並不是從山上捕來的，而是動物園老虎交配產下的。」

田老師謙遜一笑。「我只是猜猜看。」

「不管怎樣，剛才有同學認爲不可能是仇殺，而田老師就找出了一種，證明關鍵在於放開思路……」

「是仇殺！」

這是一個高個子，穿著一件紅背心，上面印著「公安籃球」四個字。

「老虎籠靠近公園北邊圍牆，」高個子站了起來，頭幾乎頂到吊著的燈泡。「大家都知道，圍牆那邊是一片民房。」

「眞的嗎？」校長回頭問著老師們。「那不是很吵嗎？」

「是啊，老虎是夜間活動，人卻是夜間休息。你想，白天忙了一天，累死了，回到家裏，正想睡一覺，老虎卻在隔壁『嗷——』……」

「哦？」崔柱國嘲笑著。「就是因爲老虎太吵了，一氣之下，就拿把刀把虎殺了？」

籃球健將似乎發覺有些不對頭了。

「拿著刀，衝入虎籠，引老虎發火直立撲過來，然後一刀刺入心臟？這一切只是因爲太吵了？」

崔杜國連說帶比，模仿著刺虎的動作，引來一陣幸災樂禍的大笑。籃球健將面紅耳赤地縮回座位上。

「因爲太吵而刺虎，說服力自然不夠。如果是殺父之仇……」

渾厚的男低音又響起來。

「老虎跟兇手有殺父之仇？」吃驚的校長回頭望著田老師。「可是這隻虎自小就在動物園……」

「假設兇手住在圍牆那邊，他有個老父親，得了心臟病。有一天半夜，老虎猛地一吼，老人嚇了一跳，心臟病發，死了。兇手是個孝子，悲憤萬分……」

這個田老師的思路實在有點匪夷所思。要是在台灣，我一定邀他合寫推理小說。

「很抱歉，田老師，」籃球健將躬著身子。「我家就住在圍牆附近，我們那裡已經三年沒人死亡了。」

我望著他，不由得失笑。被老虎吵得睡不著，原來是他親身體會呢，可憐！這樣看來，殺虎一定也是他多年夙願了？

教授慢慢踱著，走到同學們中間。「雖然田老師的推理不成立，卻有個很可貴的啓示，那就是他跳出老虎，跳出了動物園，而把思路拓展到外面的世界。在心理學，這是很重要的一種『躍遷』。情殺、仇殺……課本的教條是有限的，而人的犯罪動機，可以說是無限的……」

教室內又靜了起來。看來，大家的思路都被老頭兒引到外太空飄蕩去了。

教室內很多人都在抽煙，空氣很渾濁。這本來就不是正規學校，教室的磚牆上，還殘存著斑駁水泥漆下的一道標語：「只生一個好。」聽說這裡原來是衛生保健站。潮濕的紅磚地板，散發著一股霉味，坐久了還眞渾身不舒服。校長很不耐煩，大聲打著呵欠……

「教授。」

這聲清脆悅耳的叫喚，彷彿一劑強心劑，所有人都爲之精神一振。

劉嘉微笑地倚在椅背上。「我剛剛計算了一下，凶手這一刀穿過虎皮，切斷動脈，切斷肋骨，穿過肺部，然後才能刺到心臟。這樣一刀需要的力量，大約五百公斤。這是人力做不到的。」陽光照射她的臉頰，彷彿塗上一層胭脂。這個「不鳴則已，一鳴驚人」的女孩子，實在具有明星的魅力。

她這樣露一手，馬上將崔柱國的鋒頭蓋了下去。

崔柱國立刻領悟劉嘉的「躍遷」方向，他跳了起來，搶著嚷了起來：「教授一直強調只有一個傷口，一刀刺中心臟，這就使我們產生一個錯覺，以爲這一刀就是致命的一刀。其實老虎並不是這一刀殺死的！」

在劉嘉提出她的計算之後，我想大家都已猜到這一點，崔柱國這樣搶先，未免有失君子風度。唉，大陸人！

崔柱國好像牛頓發現地心引力那般洋洋得意。「老虎是被毒死的！」

「毒？」

教室又有了活力了。

「對，我就說嘛，凡人哪能跟武松一樣呢！」

「武松還得打半天呢！下了毒，然後在屍體上插一刀，慢慢量，準中心臟嘛！」

大家都把劉嘉晾在一旁了，彷彿專利權不是她的。看她那副神閒氣定的樣子，我都急了。

劉嘉微笑，露出一口牙，很白。「校長，昨天那個傳達袁木講話的會議開了沒有？」

「開啦，」校長瞪著大眼。「在市委大樓三樓開了。」

「市委大樓沒降下半旗？」

「降下半旗？」

「是啊，崔柱國說老虎有毒，可是虎肉全給市委領導吃了，他們該毒發身亡了。」

哈，過癮，看著劉嘉狠狠收拾崔柱國，眞是大快人心。窗台上那班小伙子掌聲雷動。

劉嘉彷彿謝幕似地嫣然一笑。「動物園都有高效麻醉槍，只要一針，老虎在幾秒之內就不省人事……」

「不省虎事。」不知是誰提醒著，惹來一片笑聲。

「麻醉老虎之後，凶手進入虎籠，一刀刺入心臟，正是這一刀要了老虎的命。」氣急敗壞的崔柱國解開衣領的扣子，振振有詞。「老虎被吃掉了，無法驗屍，各種說法都無從驗證。不過別忘了，教授考我們的不是做案手法，而是做案動機。凶手爲什麼要殺老虎呢？」

「會不會凶手跟虎籠管理員有仇，殺虎讓他揹黑鍋？」

在我背後的老師也在悄悄議論著。

「但是，凶手把刀留在屍體上，擺明是一種外來的凶殺，這又不像陷害管理員。」

我心裡突然一動，老師們的議論都跟人有關。

「我也來湊湊熱鬧吧？」

不知怎地，我突然在一片寂靜中開了腔。學生們都望向我，不知我是何方神聖。

校長趕快站了起來，滿臉堆著笑容。「同學們，這位是從台灣遠道而來的思婷先生，思婷先生是推理小說作家。海峽兩岸一家親，骨肉同胞心連心，讓我們以熱烈的掌聲，歡迎——」

教授走到我面前，伸出骨瘦如柴的手和我握著。「思婷先生，有何高見？」

「人。」

「嗯？」

「六四慘案之後……」

「『鎮壓反革命暴亂』之後。」校長善意地提醒我。

「……很多人對你們當局很……不滿，動物園是政府單位，殺害老虎，跟毀壞公物一樣，可能是一種洩恨示威……」

所有人大概被我這番話嚇呆了。

來大陸之前，一直告誡自己，不要對「六四」發表任何意見，一想到現在不僅說了話，而且是當著一大班刑警，連我自己都搞不清楚哪來的這股衝動？

也許，只是為了角落裡那對明亮的眼睛。

教授一聲不吭地盯住我，也許是在考慮措詞。老半天，他臉上木刻般的粗直線才稍為軟化了一點。

「思婷先生，『鎮壓反革命暴亂』受到十一億人民堅決擁護。平息暴亂，人民歡天喜地，根本沒有不滿，當然也不會因此去殺老虎。」

耳邊又傳來了刺耳的聲音，「也許，正是台灣特務搞破壞？殺隻虎，搞得人心惶惶……」

「唉，台灣特務不會那麼小兒科，炸個車站什麼的，不更嚇唬人？」

我只好裝作沒聽見，掏出一根「長壽」叼在嘴上，悠然自得地吞雲吐霧。

看起來，這場考試要以學生失敗告終了。每人加十分的美夢……

所有的腦筋似乎都塞住了，難道他們還有什麼反敗爲勝的妙計？

劉嘉站了起來，細細的腰輕輕一扭，嬌嗔地說：「教授，不公平嘛！」

「什麼？妳說哪兒不公平？」

「很多資料我們一無所知，你就叫我們破案，這怎麼可能呢？」

「什麼資料？」

「例如這老虎的來歷啊！」

「砰！」的一聲巨響，教授的拳頭用力捶在講台上，把幾枝粉筆都震落到地板上。

我嚇了一跳，以爲他要打人了。

「好！好一個嘉嘉！」教授興奮地指著小伙子們。「你們這班木頭人！你們平常怎麼辦案的？首先調查死者的姓名、地址、職業等個人資料，對不對？再查一查他的家庭背景，再查一查他的社會關係，對不對？可是今天有人問過我這方面的問題嗎？沒有。因爲你們覺得老虎就是老虎，這隻老虎跟那隻老虎是一樣的，所以你們腦中根本沒有資料，案子就破不下去了。這就是我送給你們的第二個禮物：『在死者背後，就是破案關鍵。』」

「這隻老虎大有來頭，今年八歲，四年前，由朝鮮金日成主席贈送給我國的。一共有兩隻，本來都安置在北京動物園，後來送了一隻到本市來……」

乖乖，這老虎還是外交人員！

舊式的塑膠框眼鏡後面閃爍著狡黠的光芒。教授似乎很得意他這一手，兩手插在衣袋中，倚著講台，微笑著望著這班傻了眼的學生。

扭頭一看，後面幾位老師都埋頭記著筆記。看來，教授這種別出心裁的教學方式給了他們不少啓發吧！

這個又矮又瘦的老頭，似乎很隨便地順手拈來一個教學案例，實際上卻經過精心剪裁、包裝，凝聚著他的汗水心血，閃爍著光華。我這時佩服得五體投地，我決定，當教授到日本講學的時候，一定去聽。

「上個星期四，不是有個朝鮮代表團來秦皇島嗎？」

那個籃球健將又頂天立地站了起來，充滿自信，「金日成是他們心中的神，就好像我們當年的毛主席一樣。金日成送的虎，朝鮮代表團一定要參觀。凶手選擇上個星期三下手，氣氣朝鮮人，也讓我們政府出醜。」

他說完了，說幾句話好像打了場球那麼累，喘著氣兒，望著崔柱國。

崔杜國托著下巴，一副雞蛋裡挑骨頭的神色，「誰會破壞中朝友誼呢？」

——民運人士啊！

我心裡頭喊著，不過我可沒敢出聲。這班人全是刑警，別弄得吃不了兜著走。「六四」以後，北韓是少數支持中共的國家之一，殺了金日成的虎，給雙方一個下馬威。這不是再明顯不過了嗎？

學生們一個個抓耳撓腮。這班笨蛋，誰也沒朝「六四」想，或許有人想到了不敢說？

「有一種人，最可疑。」

崔杜國又在眾目睽睽之下站了起來，「當年，我們的志願軍到朝鮮打仗，不少人被俘，大多數人後來去了台灣。但也有一部分人很愛國，拚命爭取回來。結果他們回來之後，被當成『變節份子』對待，四十年來，受盡折磨……」

簡單、平淡的幾句話，在我心中激起了久久不息的震盪，也使我對這個傲氣的小伙子刮目相看。

教授摘下眼鏡，垂著頭，躬著背，緩緩走著，眼睛望著紅磚地板。

「動物園管理員徐伯榮，就是一位志願軍戰俘。」

「就是他！」

崔杜國激動地喊了起來：「他是管理員，拿得到麻醉槍，也拿得到鑰匙進入虎籠……」

教授的背更駝了，他長嘆了一聲。「徐伯榮是我中學的同學，當年他是班上的籃球健將，他的背後運球啊，具有錢澄海的味道……」

「教授，揭開謎底吧！」性急的同學嚷著。

「警方已將徐伯榮逮捕了，罪名就是破壞中朝友誼。」

掌聲雷動。激動的學生把筆記本拋向天花板。

崔杜國抹去額上汗珠，勝利的桂冠終於落在他頭上，眞是皇天不負苦心人。

我也情不自禁爲這場精彩的考試鼓掌，當這場考試開始的時候，我怎麼也沒想到謎底會是這個樣子。

每人加十分的小伙子們開心地議論著。唉，成則爲王，敗則爲寇，角落的美女似乎被大家忘記了。

不過，那條白雪般的手臂仍然頑強地舉了起來。

「咦，嘉嘉，妳還反對？」這下連教授也愕然了。

「不，我只是有個好奇的問題。」

「問吧。」

「老虎死了，朝鮮代表團參觀什麼？」

「放心。北京不是有隻老虎嗎？市委立刻向中央求救，中央指派專車，馬上將北京的老虎運到本市，擺在籠子裏，反正老虎都很像，朝鮮人也看不出來……」

「哈……」，全場大笑。

「噹……」下課的鈴聲響了。

＊　＊　＊

休息室和教室大不相同。地上鋪著紅地毯，上面有數不清的煙頭燒焦的痕跡，沉積的灰塵幾乎掩蓋了那紅色。

一架很新的電扇站在牆角，無聲地轉動著，送來清涼的風，吹拂著白色的抽紗窗簾。

「請坐，請坐。」

校長熱情地把我按倒在舊沙發上，沒等我坐好，一枝「萬寶路」已遞到面前。沙發邊的茶几上，放著一杯香噴噴的雀巢咖啡，喝了一口，嗯，還不錯。大前天，我還坐在忠孝東路的崇光咖啡座裡，現在卻已身在秦皇島，坐在戒備森嚴的刑警學校內，享受著貴賓待遇。

這一切都拜孟姜女所賜。

我來秦皇島，本來是爲了一部構思中的小說，到秦皇島附近的孟姜女廟逛一逛。沒想到在廟裡遇見了這位渾身是肉的校長，一聽我是寫推理小說的，他馬上纏著我。

「我們刑警學校啊，數不清的案例，夠你寫一百部推理小說。」

一方面盛情難卻，另一方面也是好奇，便坐上胖校長的小車，來到這裡。一上車我就後悔了，胖校長不停訴說著他們校舍舊、資金缺，好像希望我這個台灣客慷慨解囊，投資個一、兩百萬。

當然，聽完這節課，我知道不枉此行了。

校長在我身邊坐了下來，興致勃勃地說：「你知道嗎？那隻老虎，還是我親自從北京運回來的呢！」

對了，他還兼任市公安局副局長。

「三百八十公里，上級限令五個小時內把虎運回來，他奶奶的，眞夠嗆！」

「北京不是還在戒嚴嗎？聽說戒嚴部隊根本不把你們公安部門放在眼裡？」

「這次不同啦！中央下的文件，運虎過程由我們自己負責，戒嚴部隊啊，靠邊去！」

「北京層層封鎖，一路上聽說十幾道關卡……」

「全部綠燈！有中央文件嘛！他奶奶的，我老關從來沒這麼威風過。」

他笑著，全身肌肉連著沙發都在顫抖。

在刑警學校中，這是唯一一個和刑偵不搭界的人。「六四」以前，他還在糧食局當處長，調到公安局才兩個多月。

「校長，你叫我們？」

休息室的門突然推開了，教授帶著劉嘉和崔柱國走了進來。

「是啊。」校長摸著三層下巴，洋洋得意。「你們剛才的推理全錯了，徐伯榮不是凶手。」

咦？這個草包，他吃了豹子膽？魯班門前弄大斧？

「徐伯榮在星期二就被捕了，逮捕令還是我簽發的。」

教授的眼鏡幾乎掉下來。

是啊，星期三老虎還好好的，可是那時徐伯樂已經蹲在大牢裡了。

我倒了一杯咖啡，挪了挪屁股，坐舒服點。原來，這齣戲還有「下集」呢！

「他爲什麼星期二就被捕？」

「破壞中朝友誼啊。」

「具體罪行？」

「沒……沒有。」

「沒有？那……」

「唉，我哪知道啊，」校長嚷道，「秘書告訴我，本市就他一個戰俘。每逢有朝鮮代表團來，公安局就按慣例，把他列爲管制對象，逮到牢裡蹲兩天，代表團走了再放……」
班門弄斧有時也不能小看，胖校長這一斧就把崔杜國的桂冠砍了下來。
「智者千慮，必有一失。」教授苦笑。「我一直以爲公安局逮捕徐伯榮是有證據……」
「教授，」校長笑瞇瞇。「那這場考試的謎底……」
「慚愧，我現在也不知道了。」
「好，太好了！」校長撫掌大笑。
我們全都愣住了，無法破案，還有啥好的呢？
「省公安廳來了個通知，」校長笑吟吟說道。「要我推薦一名優秀的畢業班學生，到省廳擔任第七科科長。剛才在課堂上，教授一邊考試，我一邊觀察，全班只有你們兩位最優秀……」
劉嘉和崔杜國情不自禁，互瞟了一眼。
「……當時我就想，誰破案就推薦誰。可是我又擔心，怕教授偏心，私底下把謎底透露給嘉嘉……」
劉嘉臉上一紅，「根本沒有嘛！」
「好了，現在連教授也不知道謎底了，眞正公平了。」
戲越來越好看了。我從來也沒想到，堂堂一位科長，竟是在這種兒戲中產生的。

劉嘉和崔杜國又互瞟了一眼。他們的眼神就像是強森和路易士進行奧運百米決賽。

「凶手爲什麼要殺老虎呢？」

校長就像司令員發出口令，劉嘉和崔杜國蹲在起跑線上。

崔杜國像強森，起跑技術好，「凶手殺老虎，目的不在虎，而在籠。」

「什麼虎啊龍啊的？」校長糊塗了。

「殺了虎，虎籠就空了，這就是目的。」

「嗯。」校長似乎有些領悟了。

「虎籠空了，人才敢進去。」教授解釋著。「這很像某一部外國電影。有個鑽石大盜得手後被追捕，他情急之下跑入馬戲班，把鑽石藏在一個空籠中。後來他無罪釋放，發現那個空籠已經關進一隻老虎。老虎隨馬戲班周遊列國，鑽石大盜只好跟著跑……」

「哈，眞逗！喂，杜國，你的意思是不是……」

「當然不會是鑽石。但虎籠內一定藏著東西，凶手急著要取回，才殺虎。」

校長扭著頭，望著老是慢半拍的劉嘉，「嘉嘉，妳的意見呢？」

這種情況可眞要命。她要是說句「沒意見」，那科長就是崔杜國的了；要說「有意見」，就得馬上拿出來。

「似乎很有趣。」劉嘉輕輕撥了撥烏黑的頭髮，「用教授的話來說，杜國使我們跳出老虎本身，而注意到一直被忽視的虎籠。但是，首先要搞清楚一點，虎籠裡有地方藏東西嗎？」她說得很慢，故意拖時間，尋找對方破綻。

「事故之後，我到動物園去了一趟。」教授介紹著。「原來每個虎籠地板，都有一個暗格，約可容納一個人。這是使進虎籠的人在必要的時候可以就地躲藏。」

「眞的有暗格？」校長一拍大腿。「這麼說，杜國的假設可以成立了。」

「不！」劉嘉揚起兩道細細的眉毛。「杜國的設想很新穎，但是必須具備一個基本條件。那就是虎死之後，虎籠是不是眞的空了出來呢？」

「虎死了，虎籠當然空著啦！」崔杜國氣急敗壞地瞪著她。

「這倒未必。」教授同情地拍拍崔杜國的肩膀，「老虎被殺後，動物園很緊張，因爲星期四代表團就要來參觀，所以他們特別安排兩個人在虎籠外站崗。」

「也許，這兩個站崗的人就是兇手。」

「不，這兩人是刑警大隊臨時抽調去的。」

「哦，」校長點著頭。「這麼說，那個空虎籠一直有人看守？兇手根本進不去？對不對？杜國，你的假設不成立了。」

「不，」崔杜國垂死掙扎著。「有人看守，只是個意外情況，兇手估計不到而已。並不代表他的犯罪動機不成立。」

教授望著他，憐憫地搖了搖頭。「動物園爲了迎接代表團，迎接北京來的新虎，特地把整個虎籠都清洗一次，包括那個暗格。我當時就在旁邊，暗格裡什麼也沒有，沒有鑽石黃金，也沒有藏寶地圖……」

崔柱國頹喪地坐了下來，伸手端起茶几上一杯冷咖啡，一口喝盡，然後手握空杯，呆呆想著。

窗外，傳來了學生們在操場上打籃球的喧鬧聲。

劉嘉站在窗邊，望著奔跑的同學。纖纖的手指下意識地絞著白色窗簾，越絞越緊。

教授在紅地毯上踱來踱去。他只是教心理學，不是偵探。事情越出了他的設計，他就一籌莫展。

我很想幫他們，可是我也不是偵探。

崔柱國的頭幾乎垂到膝蓋上，右手神經質地緊緊抓著那空杯子。

我一陣心疼。突然想到，這「科長」什麼的，會不會只是校長的一場惡作劇？

我對這小伙子完全改觀了，倒了一杯熱咖啡遞給他。他左手接過咖啡，很燙，便倒入右手的空杯裡，望了一望，又倒了回來。

刹那間，我以爲他瘋了。

「這下，我眞的猜到了。」

崔柱國左手抓著空杯，右手抓著盛滿咖啡的杯子，微微顫抖著。

「我們一直把目光盯在秦皇島這個虎籠。」

他舉起左手的空杯。

我們三個人全瞪著大眼，全神貫注。

「凶手在秦皇島殺虎，目標不在秦皇島。他知道第二天朝鮮代表團就要來參觀，那麼短的時間內，唯一的方法，只有從北京運一隻老虎來頂替……」

他把右手的咖啡倒入左手空杯。

「這樣，北京的虎籠就空出來了。」

他高高舉起右手的空杯。

「這就是凶手的目標。」

休息室靜悄悄，聽得見我們四個人的呼吸。

劉嘉高高的胸脯一起一伏，顯得有些慌亂，「北京虎籠空出來了，那又怎樣？」

「當然，現在我也不知道藏著些什麼，可能是些貴重東西，贓物、文物……只要派人去北京動物園一搜就知道了。」

只差這一步，跨過去，科長就是他的了。

「不用搜了。」校長神氣地一揮手。「北京根本沒有空虎籠。」

這傢伙，又揮著斧頭來了。

「老虎是我親自押運的嘛！北京動物園那虎籠是活動的，我在現場，看得一清二楚。大吊車連虎帶籠吊了起來，放到拖車上，立刻開走了。五個小時要跑三百八十公里……」

這一斧才致命，北京現在連虎籠子也沒有。

崔柱國望著手上兩個杯子，好像要把它們吞到肚子裡去。

滿滿一杯咖啡，微微晃盪著……

「我有個設想，」我突然控制不住自己的舌頭，「很不成熟，僅供參考，也許可以給你們一些啓發……」

「行了，你快說吧！」崔柱國急躁地嚷著。

「老虎從頭到尾都站在北京的虎籠裡，但這不表示不可以進去藏東西，管理員、飼養員都能進……」

教授諷刺地望著我。「怎麼，思婷先生也贊成虎籠藏寶的故事？」

「不是藏寶，而是藏文件。」

「文件？」

「有關『六四』的文件，天安門屠殺的照片。」

「胡說！天安門根本沒死一個人！」教授大叫。

「對，思婷先生……」

「總之一句話。北京發生事情，戒嚴部隊搜得那麼緊，跑也跑不出來。有些人可能把重要文件藏到虎籠去，趁著你們運虎的時候，就可以把文件偷運出來，反正戒嚴部隊無權搜查車隊……」

「天方夜譚，天方夜譚……」教授喃喃自語。

「教授，這只是一個心理錯覺的利用，虎籠一直有虎，人們就不會想到有人敢進去，也就不會想到虎籠裡藏有『六四』的照片、文件，甚至血衣！」

不知怎麼搞的，我老是把問題扯到「六四」，或許會引起他們的反感吧？

「謝謝你，思婷先生。」

這是我期盼很久的聲音，很甜……

「嘉嘉，妳也同意這種荒唐的猜測？」

「不，我比他更進一步。」

我們全愣住了。

劉嘉從窗邊走到我們面前，嬌俏的面龐散發著青春的神采。

「藏在虎籠內的，不是文件、照片、血衣，而是人。」

「人？」

「民運人士。」

「『反革命暴亂份子』！」

「對，就是這種人。」她輕輕一晃垂耳的黑髮。

「你們還記得那個逃到法國的『高自聯』頭頭？」

「是他！」

崔柱國激動大叫，手上咖啡潑到紅地毯上。

「我記起來了，他向《費加羅報》說過，他就是由秦皇島乘船出海的！」

「秦皇島？」校長目瞪口呆。

「對，報紙上登得很詳細，『六四』以後，他藏在西直門外大街，那一帶很多外交公寓。後來戒嚴部隊不管外交禮節，開始搜查，他們趕緊轉移……」

「西直門外大街就在動物園對面，他一定躲到裡面去。」

「動物園的員工宿舍也不安全，最安全的地方就是……」

「虎籠！」

「猛獸在裡面，誰也想不到人敢進去。」

「他藏在暗格中，在秦皇島的同夥算準朝鮮代表團的行程，這邊一殺虎，那邊馬上連籠帶虎運過來。反正有中央文件，這支快速車隊誰也無權搜查，很輕易就越過封鎖線……」

劉嘉和崔杜國你一言我一語，思如泉湧……

教授整個人臉都白了，「天啊，我得趕快打電話，報告李總理……」

「但是，」我有些害怕了，「這只是猜測而已。」

「顧不了還麼多了。上頭說過，抓錯一千，也不能放跑一個。」

「對，這起重大反革命陰謀……」

教授拉著劉嘉和崔杜國，急急忙忙向門口走去。

「慢著！」

門口，校長突然攔住他們，他面無血色，眼中充滿恐懼，張開的雙手不停顫抖著。

我識趣地走出了休息室，悄悄把門帶上……

「噹……」上課的鈴聲響了。

門口出現了熟悉的身影，教授、校長、劉嘉、崔杜國，一個個走入了教室。

我注視著他們的表情，想看出他們在休息室內搞些什麼名堂。可惜我不是個看相的，一看到劉嘉那張臉，便什麼都忘了。

「現在，我可以揭開謎底了。」教授走上講台，洋洋得意地望著大家。「根本沒有謀殺。」

所有的學生都傻了眼了。

「人有心臟病，老虎也有心臟病。這頭老虎心臟病發，突然死了，管老虎的管理員害怕了，因爲這是責任問題。加上朝鮮代表團來了，沒事的徐伯榮都被捕了，何況他這個看守老虎的？所以，他便拿了一把刀，刺入心臟，造成謀殺的樣子，這樣，就不會追查到他頭上。」

校長笑了，鼓掌。

學生們笑了，鼓掌。

我也鼓掌。

「好，這節課眞正是我最後一課了。利用這個時間，我來總結一下本學期的內容……」

* * *

波音七四七飛機在藍天遨翔……

結束了在秦皇島的行程，我又到承德逛了一圈，然後回北京，搭這班中國民航的班機直飛東京。

昏昏沉沉之際，眼前掠過了一個又矮又瘦的身影。

「教授？」

我這才記起來，教授要到日本去講學，想不到會同機，眞是太湊巧了。

我急忙走到廁所邊等候著，教授一出來，我就抓住他的手。

「咦，思婷先生？這麼巧？」

「教授，有關那老虎，我還是有幾點疑問，您有時間嗎？」

教授望著我，微微一笑，扭頭望著機艙。

我順著他的視線望去。

客艙內，就在我的座位後兩排，劉嘉依偎在崔柱國懷中，把一瓣剝開的橘子塞入他口中。

「他們也要講學？」

「去旅行，可能的話，就不回來了。」

「定居日本？」

「校長批的。他是副局長，負責簽發出國護照。」

這一下子，我全明白了。

「教授，那場考試，是你們三個在演戲！崔柱國和劉嘉故意唱對台。當著校長的面，你們不露痕跡地、一步一步地把這案件解釋成偷渡民運人士的地下通道。校長剛從糧食局調來，完全外行，被你們這些內行人一唬，他眞的相信自己親手放走了學生領袖，這可是殺頭之罪啊……妥協條件就是放他倆出國。」

老式的眼鏡後面閃爍著狡黠的目光。

「我只是幫小倆口一點忙。」

我回到自己座位上，躺了下來，渾身有一種輕鬆的感覺。

想想眞好笑，我無意中也捲入這齣戲中，扮演了一個跑龍套的角色。

背後，傳來了噥噥低語。

「教授說給妳提示，在黑板上寫了個『蟲』字，妳怎麼猜到是虎？」

「你看過《水滸傳》？」

「沒有。」

「看過改編的電視劇？」

「看過。」

「武松管老虎叫什麼？」

「啊，大蟲。」

一貼靈

一股烏黑的濃煙高懸天際……

堅硬的柏油路面也被曬軟了，行人、鳥兒和風都被曬得不見蹤影，只有小趙一個人吃力地踩著自行車。

汗從所有的毛孔沁了出來，一件白襯衫像從水裡撈起來，緊緊貼在他古銅色的肌膚上。

一棵老榕樹像把大傘，插在馬路邊。有個跟榕樹差不多老的老漢，在樹蔭下擺了個賣涼茶的小攤子。小趙把車子倚在榕樹上，買了一杯涼茶，「咕嚕咕嚕」一口氣地喝光了。

「小夥子，再來一杯吧？」老漢熱情地推銷著。「我這涼茶跟別人的不一樣，用了二十四味中草藥煮的，不但生津止渴、去火潤肺、還能滋陰壯陽……」

「二十四味才賣一毛錢，你不虧本了？」

「爲人民服務嘛！」

小趙又喝了一杯，用袖子抹抹嘴說：「阿伯，去中藥廠怎麼走啊？」

「瞧見那股黑煙沒有？那就是中藥廠。」

小趙抬頭一望，猛烈的太陽似乎把所有的雲彩都驅逐走了，只有那股黑煙頑強地不肯散去。

「好像古時候烽火台上的狼煙，」老漢嘆了口氣。「不祥之兆啊！」

「怎麼啦？」

「中藥廠不是死了三個人嗎？」

「什麼？死了三個人？」

「你不是趕去調查凶案的嗎？」

小趙一臉驚訝，低頭看了看自己身上，又看了看老漢，然後說：「我沒穿制服啊！你怎麼知道我是公安？」

老漢微微一笑。「這年頭，老百姓的眼睛哪個敢不擦亮？」

小趙感覺到話中有些諷刺，不過看看手錶，時間不多了。他放下杯子，掏出了兩毛錢。

「公安同志辛苦了，我慰問……」

小趙把鈔票放在杯子邊，微微一笑地說：「收下吧！要不然你又在背後罵我們公安榨取民脂民膏了。」

小趙拋下尷尬發笑的老漢，跳上自行車，朝著黑煙冒起的地方騎去。

「不祥之兆……，一天之內就死了三個人！」小趙感到一股無形的壓力。上午，他還在公安局裡處理一宗「反革命宣傳案」，搜捕了十幾個嫌犯，正在審訊之際，突然接到局長的電話：「放下手上的案子，立即趕赴中藥廠！」

局長沒有說中藥廠到底發生了什麼事，如果不是賣茶老漢說了出來，小趙到現在還蒙在鼓裡。他吃力地踩著車子，騎上陡峭的坡道，心中盤算著，應該如何展開偵破工作。一案三命，在小小的廈門市很少見；至少在小趙三年的刑警經歷中還沒碰到過。

「如果破了案……」小趙心頭一陣歡愉的蹦跳。

在公安局中，功勞的大小是根據案件的大小來判斷的，而案件的大小就是根據死人的多寡來決定的。

一股刺鼻的氣味，使得小趙從幻想中回到現實。他一邊咳嗽著，一邊扭頭望著中藥廠大門左側的一個高台。一個很大的鐵鍋，吊在一堆熊熊大火之上。一個乾瘦的老頭站在火旁，手中拿著一根棍棒，正在鍋中攪拌著。小趙的車子從高台旁邊繞了過來，可怕的氣味嗆得他眼淚都流了出來。

「什麼鬼中藥？」小趙趕緊用力踩著車輪，加速繞過高台，一直衝入辦公大樓。

「歡迎！歡迎！」

中藥廠「革委會」主任老聶一雙熊掌般的大手握得小趙發疼。

「俺跟你們局長是老戰友了，俺說，一定要派個最能幹的刑警來。他馬上就說：『趙東城啊！』俺想，趙東城一定是個頭髮快掉光的老刑警吧？沒想到這麼年輕！真像毛主席所說的：希望寄託在你們身上。」

小趙有些不好意思，不過心中那股興奮卻仍然洋溢在帥氣的臉上。從年頭到現在，他個人已經偵破了六起刑案，在局裡眞是大出風頭。

「小趙，來！」

聶主任摟著小趙的肩膀，走到大片玻璃窗前，用手指著窗外說：「你看到那個老頭沒有？」

窗外，一個很大的紅泥操場，在炎炎烈日下，彷彿一面浸滿鮮血的紅旗。紅旗的角落就是那個高台，那個老頭緩緩地攪拌著鐵鍋中的液體。他每攪一次，鍋中就冒出一股濃濃的黑煙。

老頭穿著汗衫和短褲，從袖口和褲管伸出來的似乎不是手腳，而是四根骨頭。身上的汗水沿著骨頭源源不斷流入鍋中。

「瞧。」聶主任臉色鐵青地說：「他就是你要對付的敵人！」

小趙不由一震，急忙注意望著窗外。

「這個乾瘦的老頭，他就是凶手？」

「什麼凶手？」

「他不是殺了三個人嗎？」

聶主任也糊塗了，望著小趙說：「你說什麼啊？」

「聶主任，你不是要我來偵察命案的？聽說你們廠裡死了三個人……」

聶主任忍不住「哈哈」笑了起來。「你全弄擰了！俺叫你來，不是爲了那件事！」

小趙這下糊塗了。「主任，您是說……」

「死三、四個人有啥稀奇？還勞動你們局長派你來？俺是那種小題大作的人嗎？」

小趙忍不住瞟了聶主任一眼，死三、四個人不算什麼？好大的口氣，他本來想諷刺幾句，可是，沒等他開口，老聶一掌又拍在他的背上。

「全靠你了！小趙。」

「聶主任，您剛剛說要我對付這老頭？」小趙暗暗擔心，這老聶不會叫他去暗殺吧？

「對，就是這老頭，他是我們文化大革命的心腹大患！」

「他是誰？」

「他是一貼靈。」

* * *

夏天的大雨，就像文化大革命一樣，說來就來，來之前毫無前兆，來之後地動山搖，萬人變色。轉眼間，天空一團漆黑，瓢潑大雨帶著可怕的吼聲，覆蓋整個廈門島。

雖然只是黃昏，但在狹窄的小巷中，就顯得尤其陰暗。一道狹窄的石板階梯，夾在長滿青苔的矮磚牆之中，蜿蜒向上伸去。

「一貼靈」佝僂著身子，緩緩地在階梯上走著。一把破紙傘幾乎遮不住雨水。但他似乎毫無感覺，仍然筆直地撐著，任憑雨水從頭淋到腳，他還是穿著汗衫和短褲，趿著一雙塑膠拖鞋。

雨水不停地從層層石板階上流下，遠遠望去，幾乎像一道小瀑布。而「一貼靈」就在這小瀑布中，逆流而上。偶爾有人在他身邊擦過，或上或下，大家都行色倉促，用小碎步跑著，只有「一貼靈」不慌不忙，一步一步，勝似閒庭信步。

就在距離他十來級階梯的後面，一個穿著黑色雨衣的人，像個幽魂似地跟蹤著他。雨那麼大，雨衣也沒有太大的作用，「幽魂」也是從頭濕到腳。不過，他的目光卻像兩枚釘子，緊緊釘著「一貼靈」的背部。

「小趙，他就是你要對付的敵人。」

聶主任轟鳴的聲音就在耳邊迴響，蓋過了暴雨……

「一貼靈？好怪的名字。」

「一貼靈，是人名，也是一種皮膚膏藥的名字，它是我們中藥廠的命根子。」

「咦？聶主任，你們廠出品的膏藥，不是叫『工農兵膏藥』嗎？怎麼會……」

「沒錯，膏藥上印的是『工農兵』。這種膏藥專治各種皮膚病，什麼癩疽癬瘡、無名腫毒，只要一貼就好，比西藥靈得多了。久而久之，大家都叫它『一貼靈』了。」

「那這個老頭……」

「『一貼靈』就是他做的，他本名叫柳雲中，不過大家都習慣叫他『一貼靈』。」

「啊！他在高台那裡攪啊攪的，就是……」

「那個鐵鍋內熬的就是膏藥。」

「那……聶主任，我就不懂了，這個柳雲中爲什麼是革命的敵人呢？」

「就因爲他做出了『一貼靈』！」

「哦？是不是他做的膏藥不靈了？」

「不，因爲膏藥太靈了！一分錢一塊的膏藥，比進口的外國藥還靈！比打針吃藥動手術還靈！」

「聶主任，我越聽越糊塗……」

「他是資本家！」

「啊？」

「資本家就是要批鬥，對不對？」

「對啊，你們可以鬥爭他啊！」

「我們不敢。文革開始以來，中藥廠批鬥了十七個資本家，唯獨沒敢動『一貼靈』一根汗毛。」

「咦？我看這老頭骨瘦如柴，一副快斷氣的樣子，怎麼工人赤衛隊不敢批鬥他？」

「唉！還不是因爲『一貼靈』？小趙，你是知道的，我們中藥廠是集體所有制，必須自負盈虧，每個月的工資都要靠銷售藥品的收入來維持。」

「那你們廠銷售的藥品一定很多了？」

「我們廠銷售的藥品一共兩百七十一種，但是這兩百七十種加起來的銷售量，還比不過『一貼靈』。」

「什麼？就是那一分錢一塊的小膏藥？居然是……」

「不要小看這一分錢的小膏藥，它每年爲我們賺進三百六十萬的利潤。」

「我明白了，如果你們批鬥柳雲中，你們廠每年就要損失三百六十萬？」

「損失這筆收入，工資就都發不出去了。」

「既然如此，那你們就不要批鬥柳雲中啊！」

「不行，他是資本家，是我們無產階級的敵人啊！俺老聶革命一輩子，就是和資產階級做鬥爭。毛主席發動文化大革命，就是要我們橫掃一切牛鬼蛇神。可是俺老聶卻無法批鬥『一貼靈』，眞是寢食難安，愧對革命啊！」

「聶主任，您眞是覺悟高、黨性強，我要向您多學習。這個反動的『一貼靈』就交給我了。」

雨水不停地沿雨帽流到小趙的臉上，他仍然睜大眼睛，不讓「一貼靈」的身影從自己視線中消失。

破傘在風雨中吃力地支撐著，小趙好幾次都懷疑「一貼靈」那弱不禁風的身子會從階梯上被吹下來。

階梯越來越陡，小趙已經大氣直喘。心中暗暗咒罵「一貼靈」爲什麼住得這麼高！

一貼靈的身子越來越彎了，每走兩步，就停下來，喘息一下，兩條沒肉的腿在微微顫抖著，不知是冷，還是沒力氣。

小趙望著這個老人，實在無法將他跟「資本家」的形象連貫起來。在他想像中，資本家應該是穿著西裝，叼著雪茄的上海大亨。眼前這個「一貼靈」，與其說是資本家，倒不如說更像電影中的老工人。

一陣狂風刮來，紙傘在風中亂晃，幾乎把「一貼靈」也吹下階梯。小趙嚇得渾身冒出冷汗。

「小趙，全靠你了！」

「聶主任，有件事我想不通。」

「哪件事？」

「你說，你們不敢批鬥柳雲中，只是因爲他會做『一貼靈』，難道沒有其他人懂得做嗎？」

「沒有。『一貼靈』膏藥是柳家的祖傳秘方，從清朝一直傳到現在，別人都不懂得其中奧祕。」

「但是現在是文革期間，工人赤衛隊可以勒令柳雲中交出配方的。」

「我們已經這樣做了，文革一開始，柳雲中就交出了膏藥的配方。」

「那不就行了？你們有了配方，完全可以自己生產膏藥，不必依靠柳雲中了，你不是可以批鬥他了嗎？」

「我們根據配方做出來的膏藥，療效比『一貼靈』差了一大截，沒人購買。」

「那一定是柳雲中故意漏寫，把最重要的幾味藥保密。」

「我們開頭也是這樣想，赤衛隊還把他打了一頓。可是後來事實卻證明我們錯了。」

「什麼事實？」

「我們根據配方準備了藥材原料，然後由柳雲中去煮。結果他煮出來的膏藥還是道地的『一貼靈』。」

「聶主任，你的意思是說，同樣的原料，柳雲中可以做得出『一貼靈』，別人就做不出？」

「對啊！」

「那一定是柳雲中趁你們不注意，偷偷放入哪幾味保密的藥。」

「小趙，你也看見了。柳雲中就在那個高台上煮膏藥，他的一舉一動，都在我們監視之下。可是我們實在看不出他有偷放藥。」

「哦？奇怪！」

「是很奇怪，我們試驗了十三次，結果都一樣。同樣的條件、原料、設備，我們的工人上去做就失敗。這個柳雲中一做就做出『一貼靈』來，簡直像變魔術一樣。」

「他肯定是在變魔術。不過，聶主任，您別忘記，魔術是假的，假的就必有破綻。」

「可是，要看出魔術師的破綻，一定要高手才行，我們普通人是做不到的。因此俺才向你們局長求助，把最好的刑警借來，希望你能幫我們找出其中的破綻。」

「哦……」

「小趙，不要小看這個任務，這是無產階級和資產階級的一場決鬥！」

「聶主任，你放心。再大的案子我都破了，這種小小的案子，我很快就會……」

「小趙，全靠你了！」

小趙突然停住了，因爲他看見柳雲中也停住了。

柳雲中停在一座低矮的茅屋外，默默站立著，手中撐著那把破紙傘，似乎沒有要進去的意思。

不管這裡是他家或別人家，爬了那麼多石階，總不會爲了站在門外淋雨吧？

小趙好奇地、不露痕跡地靠近了茅屋，茅屋內停放著一具屍體。

屍體上覆蓋一塊白布，上面用墨汁寫著「打倒反動資本家劉天龍」！

「他是來弔喪的。」小趙心中暗暗咒罵著：「這死老頭不要命了？要是被工人赤衛隊發現了，那就吃不了兜著走了。」

柳雲中呆呆站著，蒼白的臉上全是雨水……

很久很久，才見他長長地嘆了一口氣，然後垂下頭，轉身又一步一步向上走去。小趙心中更氣地咒罵著：「死老頭，下了班不回家，卻帶老子來爬這麼高的石階！」

雖然全身淋濕，他還是感覺到熱辣辣的汗不停散發出來。兩個膝蓋開始發軟，喘息聲大到蓋過了雨聲，這種要命的感覺只有那次追捕越獄逃犯的時候才有過。

他抬頭看看天，烏雲幾乎壓到頭頂，像一頭虎視眈眈的怪獸，張開大口，隨時準備撲下……

突然間，小趙看見烏雲中飛揚著一把破紙傘。

他嚇了一跳，再定睛一看，只見遠處的石階上，柳雲中整個人像根放倒的木頭，順著石階滾了下來……

＊　＊　＊

「命賤，閻羅王不敢要。」

柳雲中哈哈笑著，把一碗茶放在小趙面前，他的頭上綁著白紗布，一絲血跡滲了出來。

小趙有些坐立不安。這並不是心理因素的影響，而是生理上的；柳雲中的家就在一座公共廁所的樓上，文革以來，公共廁所一直沒人打掃，那股味道全衝到樓上來，小趙只覺得五臟六腑全在鬧革命。

「冬冬，快點啊！」

柳雲中大聲喊著。一個梳著長辮子的姑娘端著一個木盆走到他們面前，將木盆放在他們腳邊。

「怎麼？要我洗腳？」小趙有些納悶。

「冬冬，鹽。」

冬冬將長辮子往後一甩，跑到破櫃子前，拿了一個陶罐子跑了回來。

柳雲中伸手從陶罐中抓了一把鹽撒入那木盆中。

木盆內裝著滿滿的黃色的水，說來也怪，鹽剛撒入，黃水頓時冒起一股白煙。白煙撲鼻，一股辛辣的清香，馬上將樓下傳來的惡臭驅逐掉了。

「他眞的是個魔術師。」小趙目瞪口呆。

「冬冬，來，快來謝謝這位救命恩人。今天我突然昏倒了，要不是這位好心的同志……」

冬冬倚在門框，睜著一雙烏黑的大眼睛，略帶羞澀地注視著小趙。

「謝謝你。」冬冬的聲音非常悅耳。「你叫……」

「趙東城……，城市的城。」

「你在哪兒工作？」

「我在……自來水廠。」

「來，小趙同志，趁熱把這碗茶喝了。」

柳雲中端起茶碗遞給他。小趙喝了一口，感覺到一股說不出的滋味在口腔中盤旋。

「好喝吧？」柳雲中洋洋得意地說。「這茶中我放了二十四味中草藥。」

「二十四味？」小趙眼睛一亮。「你們中藥廠外那個路口，有個老漢在賣涼茶，他說他的茶也是用二十四味中藥煮的。」

「你說那老頭？」柳雲中微微一笑。「他那涼茶的配方是我給他的啊！喏，就跟你現在喝的一樣。」

「不一樣。他的茶比你的可差得太遠了！」

「嗯，這很正常啊！」

「可是你們用的原料是一樣的啊！」

柳雲中眼睛閃爍著狡黠的光芒，沒有再說話了。

小趙當了多年的刑警，馬上捕捉到柳雲中眼底異常的得意神色。

「做涼茶是這樣，做藥膏是不是也這樣？」

小趙心想，但怕打草驚蛇，不敢追問下去。他喝著茶，一邊打量著屋內的陳設：一張破舊的床，折了一腳的床柱用磚頭墊著，床底下塞著很多的瓶瓶罐罐。床的旁邊是一個油漆斑駁的櫃子，櫃上也放滿大大小小的藥罐子。

櫃子旁邊是搖搖欲墜的門框，門框旁倚著冬冬。她依然好奇地睜著大眼注視著小趙，看得他都有些不好意思了。

「對了，柳師傅，你怎麼會昏倒在石階上的？那跟你回家並不順路啊！」

柳雲中的眼神一下子黯淡了。

他垂下了頭，拿著一根細木棍，緩緩地攪著木盆中那混濁的黃水。

「這種藥水叫『天龍散』，只有在鹽水中才產生化學作用，具有強烈去毒殺菌功能。」

柳雲中沉痛地喃喃自語。小趙一時間也糊塗了，不知道老頭說這些幹麼。

「這種藥就是劉天龍發明的，他是個天才的藥學大師。可是……，今天他死了！」

柳雲中眼眶發紅。

「他沒有罪。唯一的罪名是解放前他開了家藥鋪，是資本家！」

小趙情不自禁和冬冬互相望了一眼。

「劉天龍開藥鋪的時候，是有名的善人。」柳雲中感嘆地說。「窮人來他藥鋪抓藥，他都不收錢，他這輩子不知救了多少人，可是到頭來，卻保不住自己的命……，什麼善有善報？狗屁！」

柳雲中抓了一把鹽，憤怒地撒入木盆中。

木盆頓時冒起了一團濃煙。

空氣中瀰漫著一股辛辣的氣息……

＊　＊　＊

下了一陣驟雨，天氣涼多了。

小趙放下了白色的蚊帳，然後敲敲床板。「喂，小羅，熄燈啊。」

公安宿舍都是雙人房，一張雙層的鐵床，小趙睡在上層，小羅睡在下層。小羅在公安局的化驗科工作，長得文質彬彬，完全是個大學生模樣，一點也沒有「公安」的影子。

「喂，小趙，什麼時候請客啊？」小羅一邊點著蚊香，一邊笑著問。

「請客？無緣無故請什麼客？」

「得了，別裝蒜了，誰不知道你派了個大案？」

「你是說中藥廠那宗？」

「對啊，三條人命，要破了案，你今年準升小隊長。」

「唉，別提了。死的三個人全是資本家，而且全是工人赤衛隊開批鬥會的時候鬥死的，革命行動啊！」

「那你去中藥廠幹啥？」

「唉，眞窩囊！派我去調查膏藥的奧祕！」

「膏藥？『一貼靈』？」

「你也知道？」

「『一貼靈』是柳家的祖傳祕藥，廈門人都知道。有什麼好查的？」

「工人赤衛隊逼柳雲中交出了『一貼靈』的配方，可是，工人自己根據配方去做，做出來的膏藥卻沒有療效。而那個柳雲中也是用同樣的原料，他做出來的膏藥仍然是『一貼靈』。他們查了半天，也搞不清其中的奧祕。」

小羅撇著嘴。「什麼？他們就要你去查這個？這算什麼案子嘛！」

「對啊！」小趙垂頭喪氣地說。「破了案也沒啥光彩，破不了案啊，這個臉可丟大了。」

「你準備怎麼著手？」

「我的運氣好。今天下班的時候，我監視柳雲中，他大概是貧血，突然在路上昏倒了，我把他送回家去，他現在把我當成救命恩人呢！」

「小趙，你他媽的眞是福將啊！」

「福什麼呀？我還要靠你老哥呢！能不能幫我化驗一下『一貼靈』的成分？」

「沒門。」

「喲，這麼不夠哥兒們？」

「不是我不幫你。中藥這種東西是很奇妙的，你用化學儀器化驗，還不是就那些元素，平平無奇。可是它七配八配，產生了很多不可思議的變化。不是儀器測得出來的。所以有人說中醫、中藥完全是另外一個未知世界的東西，包括我們的老祖宗，他們也是知其然而不知其所以然。」

「對啊！」小趙搔搔頭說：「要是儀器能解決問題，他們何必還要逼柳雲中交出配方？用儀器一查不就行了？」

「我猜想，柳雲中一定是偷偷藏起了一、兩種關鍵的藥。」小羅搖頭晃腦。「別人做的當然無效，輪到他做的時候，就偷偷放入鍋中。」

小趙呆呆望著白色蚊帳，腦子裡盤旋著很多的線索，交叉縱橫，糾纏不清。

小羅敲敲上層床板，笑著說：「喂，小趙，聽說柳雲中的女兒長得很漂亮？」

小趙微微一顫。「什麼意思？」

「你是人家爸爸的救命恩人，人家說不定會以身相報……」

小趙忍不住笑了出來。「你呀，滿腦子資產階級！」

小羅也笑著說：「這是正當戀愛！」

「我們才見一次面，你就想入非非了？」

「你聽說過一見鍾情沒有？」

「見你的頭啦！熄燈睡覺！明天一早我還要去中藥廠。」

「叩叩。」房門上突然傳來輕輕的敲門聲。

「誰？」

「我。」

這是一把清脆的女聲。小趙和小羅不約而同從蚊帳中探出頭來。

「妳是誰？」兩個人異口同聲。

「冬冬。」

* * *

「妳怎麼知道我是公安？」

「這年頭，老百姓哪個不是擦亮眼睛過日子？」

小趙不說話了。

從冬冬身上傳來一陣淡淡的香味，這不是香水，而更像是一種藥草的香味。月光輕輕地灑在柏油路上，白天被數不清的大遊行蹂躪的街道也恢復寧靜了。兩道長長的身影緩緩地在路面上移動著。

「我……不是有意隱瞞身分的。」小趙有些尷尬。「妳也知道的，很多人一聽到『公安』就怕……」

「我又沒怪你。」

「眞的？」

「眞的呀！」冬冬眼睛散發出溫柔的光彩。「今天要不是你救了我爸爸，我眞不敢設想……」

「這是偶然的……」小趙有些不自然。「我正巧路過……」

「你不知道，我媽早死，爸爸跟我相依爲命，在我心目中，爸爸的性命比我自己更重要。」

冬冬拿出一塊繡花手帕，輕輕地說了聲：「給你。」

小趙愣住了。「什麼？妳這麼晚來找我，就是爲了送這個？」

「對啊！不然你以爲我來幹什麼？」

小趙接過手帕一看，上面繡了一朵紅艷艷的石榴花。

「妳自己繡的？」

冬冬含羞地點了點頭。

小趙一顆心「怦怦」直跳，手心竟然出汗了。他緊張地用繡花手帕抹著額頭，這才聞到手帕上也傳來一陣藥香。

「妳家的東西都有股藥香。」

「我爸爸很愛乾淨，我們的衣服、襪子、手帕洗好之後，都用他配的藥水浸過，又殺菌又清香。」

「你爸爸簡直是個魔術師！」小趙感嘆，「普通的中藥草，在他手中七配八配，居然可以產生各種奇妙的效果。」

「小趙，你聽過『雲中天龍』嗎？」

「雲中天龍？」

「柳雲中和劉天龍，解放前是廈門最出名的兩大藥師。」

「哦！」小趙點點頭。現在他可以理解，爲什麼柳雲中會冒著大雨去憑弔劉天龍了。

「你爸爸跟劉天龍很好？」

「不是很好，而是親！像親兄弟一樣親。你知道我爸爸是靠『一貼靈』成名的吧？」

「我……聽過……」

「其實，『一貼靈』就是劉天龍發明的。」

「什麼？」小趙不由得一抖。

路邊一座巨大的青銅塑像，毛主席在黑夜中顯得更加龐然。小趙拉著冬冬坐在青銅像的基座上。

「快說啊！」小趙急迫地催促著。

「那是解放前的事了。我們柳家發生一次經濟危機，眼看就要垮了，正好這時候劉天龍發明了『一貼靈』，他毫不猶豫把配方送給了柳家。『一貼靈』問世之後，非常暢銷，柳家也就死裡翻生，生意越做越大……」

「哦，劉天龍是……這樣的人？」小趙實在想不通，按照常識，資本家都是一群貪婪狠毒、唯利是圖的壞蛋，怎麼這個劉天龍卻像個雷鋒？

「剛剛吃晚飯的時候，爸爸還跟我說，他這輩子只有兩個救命恩人，一個是劉天龍，另一個就是你。」

小趙剎那間臉都紅了起來。

劉天龍是無私地將秘方獻給柳家；而他呢？他卻是在尋找柳雲中的秘密，爲了將他置於死地。

這一晚，小趙徹夜不眠。是石榴花手帕的藥香令他情思翻滾？

還是劉天龍的故事令他心潮澎湃？

＊　＊　＊

晨光輝映得每塊玻璃都在閃閃發光。

小趙和聶主任就像進入戰壕待命的士兵，站在辦公室的玻璃窗前，監視著操場。

紅得刺目的操場中，十來個戴著紙糊的高帽，掛著木牌的資本家正在掃著地。

高台上，一個人也沒有。

聶主任肥胖的臉上卻是汗水淋漓。

「主任？你怎麼啦？臉色好白。病了？」

「嗯，很不舒服……俺一直在流虛汗。真是活見鬼！」

「虛汗？」

「嗯，通常大家流的汗都有鹽分，是鹹的。而俺這兩天流的汗卻是淡的。醫生說是腎有問題。」

「您不舒服，快去休息吧，我來監視就行了。」

「不行！」聶主任用手帕抹著汗說：「俺參加過十三次的試製，最了解情況，俺一定要協助你偵破柳雲中的秘密。」

小趙欽佩地望著他說：「主任，您眞是爲了革命犧牲小我，値得我們後輩學習。」

「噓!他來了。」

高台上，柳雲中挑著兩個大籮筐，吃力地走到鐵鍋邊。

「籮筐中裝的是藥?」

「對！一共二十四味。」

「二十四味?」小趙不由自主想到了老漢賣的涼茶。「主任，這些藥都是他自備的?」

「不，藥統一由倉庫發出來。所以，他不可能在原料上作怪。」

小趙點點頭，急忙在筆記本上記錄著。聶主任一邊抹汗，一邊望著窗外。

「他的每個動作俺都可以背出來。生火，向鍋中加入薄荷油，然後放入『地龍』、三星草』、『七葉一枝花』，加大火，用棍棒攪拌，研細，再加火；攪拌，現在放入其餘的藥，『防風』、『故紙』、『人中白』……」

高台上，柳雲中彷彿聽到主任的口令似地，一絲不差地操作著。

「主任，二十四味原料中，有沒有一味叫『天龍散』?」

主任愣了一下。「『天龍散』?沒有。爲什麼這樣問呢?」

小趙淡淡一笑說道：「沒有，我只是心血來潮。」

紅色的火焰舔著黑色的鐵鍋，濃煙滾滾而上。

「我們開頭懷疑他把祕藥偷藏在身上，可是，你看，他只穿著汗衫短褲，根本不可能藏得住東西。」

「柳雲中不可能用這種拙劣手法的。」小趙目光炯炯，用手一指地說；「那根攪拌用的棍子倒很可疑。那麼粗，如果將中間掏空了，把祕藥放入其中，攪拌的時候，祕藥就由棒中悄悄進入鍋中，神不知鬼不覺……」

聶主任搖了搖頭。「木棒也是由我們供應的，肯定是實心的。不僅如此，我們還曾經偷偷更換棍棒，他還是照樣做，可以斷定跟棍棒無關。」

小趙咬著嘴唇。「那……會不會在鐵鍋上……」

「鐵鍋也換了好幾次。那麼大的火，鐵鍋很容易燒穿。而且，下了班，這些器具還是留在高台上，柳雲中不可能動手腳。」

小趙沒輒了，望著高台，苦苦思索。

高台上，大火烤著鐵鍋，也烤著人。柳雲中彷彿從水中撈起來，雙手的汗水濕透了棍棒，濕透了他腳下的紅土……

他的骨頭似乎不怕火，堅定地站在鍋邊，左一下，右兩下，很有規律地攪拌著。

小趙猛地一顫。「主任，我發現我們犯了個錯誤。」

「什麼？」

「我們一直以爲，柳雲中之所以成功，是他在原料上搞了鬼。」

「這有錯嗎？」

「中藥是種很奧妙的東西，除了原料配方之外，攪拌方式會不會也能決定藥性的改變？」

「攪拌方式？」

「對呀！主任你看，柳雲中的攪拌方式很奇特，左一下，右兩下，你們自己試製的時候，雖然原料配方也跟柳雲中一樣，但是，忽略了他的攪拌方式，所以失敗了。」

聶主任又用手帕擦了擦汗水，才說：「小趙，開頭幾次，我們的確忽略了攪拌方式。但是屢試屢敗之後，我們也想到了這一點，所以俺下令要學足柳雲中的每個動作。」

「學足每個動作？」

「對啊！不僅他的攪拌方式，甚至他持棍的位置、手勢、站立的姿勢，俺都要工人學到十足。有一次柳雲中吐了一口痰，我們的工人也學他吐了一口痰。」

「哦？你們學到這種地步？」

「是啊！可是依然沒效。」

小趙有些洩氣了。「這個柳雲中，眞狡猾！」

「不要灰心。來，休息一下。」聶主任拍拍他的肩膀說。「他這一鍋要煮好久的。來，我們喝杯茶。」

聶主任和小趙坐在沙發上，他一邊用手帕抹汗，一邊倒了杯冷茶給小趙。

「聶主任，你介紹一下柳雲中吧？」

「這……怎麼介紹？」

「你跟他一定有接觸過，談談他的情形吧。」

「嗯……他這個人滿怪的。」

「怪？」

「哎，有這麼一件事，文革剛開始，所有的資本家都被趕出了他們原來的好住宅，重新安排住所。當時我考慮到全廠都要靠『一貼靈』發工資，就叫他先挑住處。你猜他挑哪裡？公共廁所樓上！」

「什麼？他自己挑的？」

「對啊！怎麼啦？」

小趙沉思了一會兒，說：「我聽他女兒說過，他最喜歡乾淨……」

「所以我說他怪嘛！」

聶主任用手帕擦拭滿臉的虛汗……

小趙的心猛地一顫！

聶主任的手帕！

那是一條繡著石榴花的手帕！

＊　＊　＊

「這家館子的『土笋凍』很好吃，廈門第一家！」

小趙一聽，急忙從口袋中掏出幾張鈔票說：「我請客。」

柳雲中苦笑了一下，「算了吧，沒有了啦！」

「賣光了？」

「紅衛兵說的，『土笋凍』是資產階級吃的，勒令他們不准再賣了。現在只賣扁食。」

「不像話！」小趙嘆了口氣。「『土笋凍』也成了資產階級？一分錢一個的『土笋凍』，應該是無產階級吃的才對。」

「一分錢一個。」柳雲中摸摸沒幾根毛的頭頂感嘆道：「就跟我的膏藥一樣，是老百姓最歡迎的東西。」

小趙望著他的禿頂，不由得一陣好笑。小羅曾經堅持認爲，柳雲中一定把祕藥藏在頭髮中，然後趁著攪拌藥膏的時候，低頭一甩，把祕藥甩入鍋中。

「兩碗扁食湯！」

服務員端著盤子走來。盤中放著十來碗熱氣騰騰的扁食湯，他板著面孔，逐一把扁食湯放在顧客面前。

柳雲中掏出手帕，小心翼翼地擦拭著湯匙。

「很髒嗎？」小趙疑惑。

「這倒不是。」柳雲中微笑。「我是有點潔癖。」

小趙點點頭，也掏出了手帕。

繡著石榴花的手帕。

小趙心中一陣說不出的滋味，又收起了手帕，一手端起瓷碗，喝了一口湯……

「哇！」小趙幾乎嚥不下去，這家店用鹽不要錢的？他抬頭一望。柳雲中望著手中的湯匙也皺著眉頭。

「小趙，你是不是覺得這湯用鹽有問題？」

「對啊，好難喝哦！」

「同志！同志！」

「一號表情」的服務生走到他們桌邊。「怎麼啦？」

「你們這扁食湯，太淡了！」柳雲中指著湯碗。

小趙瞪大了眼睛，眼珠子幾乎掉下來！這湯已經鹹得令他無法嚥下，這個柳老頭居然嫌太淡？

「啪！」一聲，服務生把小鹽罐用力放在木桌上，柳雲中舀了一小匙鹽放入湯碗內。

「小趙，要不要來點？」

「不要了！不要了！」小趙連連搖手。「阿伯，你這個年紀，吃這麼鹹不好的。」

「我也知道。可是養成了職業習慣，改不了。」

小店用鐵皮遮頂，正午的太陽當頭一曬，整個店就像蒸籠一般，加上喝了碗熱湯，小趙的汗就像開了自來水一樣，從頭濕到腳。

「阿伯，常來這家店？」

「我跟劉天龍就是在這家店認識的。說起來，已是四十年前的事了……」

「哦？」小趙頓時忘了滿身大汗。「你們是怎麼認識的？」

「啊……那是因爲一碗扁食湯而認識的。」

「哦，到底怎麼回事？阿伯你快說吧！」

「四十年前，這裡還是英租界。有一天，有個英國醫生也來店裡吃『土笋凍』。他一邊吃一邊大放厥詞，說我們中醫中藥是江湖騙子、迷信的把戲，只有他們西醫才是眞正的醫術。當時我才二十歲，年少氣盛，就買了一碗扁食湯請他吃。那時也是夏天，天氣很熱，湯又很燙，他就把湯放在面前，等待湯冷卻。湯裡的水氣不斷上升，薰到他的臉上。沒有多久，就聽得那洋鬼子捂著眼大叫：『我看不見了！』」

「怎麼回事？」

「我在湯裡面放了我們柳家的秘藥，沾水化氣，過眼即盲。」

「好像武俠小說一樣？」小趙目瞪口呆。

「那個西醫也是個年輕人，當場嚇得哭了出來。這時候，走來一個小夥子，又放了另外一碗扁食湯在他面前，碗內的蒸氣又薰著他的眼睛，不一會兒他又高興地揉著眼睛說：『我看見了！』」

「這青年就是劉天龍？」

「對啊，他當時告訴那個西醫，中醫、中藥博大精深，不容外人小覷。那個西醫狼狽逃走了，店內的人都向我們兩個人鼓掌，我們從此成爲好朋友了。」

「那個劉天龍的那碗湯……」

「劉天龍是眼科聖手，傷害眼珠的事他絕不能容忍，所以他也在湯中放入劉家祕藥。」

「雲中天龍！」小趙驚嘆之餘，不禁低頭看看面前桌上自己那碗扁食湯，引得柳雲中不由得哈哈笑了起來。

「放心啦，小趙，這碗保證沒有『落雁沙』！」

「哦，你教訓那個西醫用的就是『落雁沙』？喂，老伯，過眼就盲，這……太殘忍了吧？」

柳雲中一笑。「那只是暫時性的失明啦！要眞的盲了，什麼藥也沒用！不過『落雁沙』的確很傷眼睛，長年接觸，視力會受損害，你看我的眼睛，現在只有零點一的視力，就是『落雁沙』的作用。」

小趙看看柳雲中，滿是皺紋的臉上，一雙渾濁的眼睛透著一絲無奈的苦笑。

「阿伯，劉天龍不是眼科聖手嗎？你沒有找他要些治眼的藥？」

柳雲中收斂起笑容，長嘆了一聲。「眼科聖手？你知道劉天龍死的時候，兩眼全被工人赤衛隊打瞎了嗎？」

「什麼？打瞎？爲什麼？」

「工人赤衛隊把他的家都抄了，什麼藥材、研究筆記、儀器，全部都沒收了，然後還不滿足，竟逼他交出跟台灣聯絡的電台。他交不出來，他們就打……」

一聲凄厲的汽笛，這是中藥廠下午上班的汽笛聲。

「小趙，改天再聊。」柳雲中佝僂著身子，緩緩走出店去。

小趙呆呆坐在椅上，腦子裡像走馬燈似地飛快旋轉著，拼湊出一幅幅不同的圖案，或清晰或模糊……

突然間，小趙目光一亮，他似乎找出破案的線索，猛地站起來，飛也似地衝出店去。

＊　＊　＊

「臨行喝媽一碗酒，渾身是膽雄赳赳……」

一陣興奮高亢的京劇唱腔從窗口飄來，躺在床上看著「參考消息」的小羅拋下報紙，從床上坐了起來，就看見小趙哼著京劇走入宿舍。

他們兩人睡上下床兩年多了，小羅熟悉小趙的每個表情，看他現在的樣子，不用問，一定是有了重大突破。

「小趙，有突破了？花多大的代價啊？」

小趙坐在椅上，把雙腳蹺到床板上，得意洋洋地晃著。「一碗扁食湯的代價。」

「呦呵？到底從哪個方向突破的？」

「小羅，我這次接的是什麼案子？」

「明知故問。因為中藥廠想搞清楚柳雲中製造『一貼靈』的秘密，才找你去偵察啊！」

「偵破這種案子的關鍵在哪裡？」

「配方啊！有關藥物，特別是中藥的案子，配方都是關鍵。」

「不錯。所以我們一直在柳雲中提供的配方上著眼。」

「完全正確啊！」

小趙從口袋掏出一張信紙，並說道：「這就是柳雲中提供的配方，一共二十四味。我逐一查對，果然找到了我要找的一味藥。」

「哪一味？」

「落雁沙。」

「那又怎麼樣？」

「『落雁沙』是一種有毒的刺激性中藥，對眼睛傷害很大。」

「這不奇怪呀！」小羅撇著嘴。「『一貼靈』是皮膚藥，專治腫毒，本來就講究『以毒攻毒』啊！」

「小羅，你忘了？『一貼靈』的配方並不是柳雲中發明的！」

「你說過，是劉天龍發明的，他贈送給了柳家。這跟『落雁沙』又有什麼關係呢？」

小趙目光閃亮地說：「今天吃扁食的時候，柳雲中說了一句話，讓我印象深刻。他說：劉天龍是眼科聖手，傷害眼睛的事他絕不能容忍。你想，這樣一個人，他發明的皮膚膏藥內，會加入傷害眼睛的藥嗎？」

「這……當然不會，不過也難說。」

「對，很難說。因此只有請劉天龍出來說。」

「可是……他死了。」

「他的研究筆記還在。」

「你上哪兒拿他的筆記呢？」

「工人赤衛隊抄了他的家，全部東西都封存在中藥廠赤衛隊總部，包括他的筆記。」

小羅想了一下，又疑惑地望著小趙說：「不對啊！『一貼靈』是解放前發明，事隔那麼多年，劉天龍還會保存著資料？」

「要是別的藥就難說，但是，『一貼靈』可以說是中藥史上最成功的皮膚聖藥，任何人有了這麼偉大的發明，都會保存全部相關資料的。」

「對啊！」小羅一拍大腿。「你去了赤衛隊總部了？」

小趙洋洋得意地從口袋中取出一張發黃的毛邊紙說：「這就是『一貼靈』的原始配方。」

小羅接過毛邊紙一看。「也是二十四味……但是，沒有『落雁沙』！」

「對！柳雲中把其中一味『甘草』改成了『落雁沙』。」

「甘草其實是沒有作用的，少了它，藥性還是一樣。」

「『落雁沙』過熱便蒸發掉，加了它等於白加。」

小羅愣住了。「既然這樣，柳雲中爲什麼要把『甘草』改成『落雁沙』呢？」

小趙握著拳頭，充滿著自信說：「也許，這正是破案的關鍵吧？」

＊　　＊　　＊

夏天的夜空，星光燦爛，夜風中帶著一股海洋的鹹味，使白天殘留下來的暑氣一掃而光。高台上，聶主任和小趙望著那個大鐵鍋，沉默了一會兒。

「開始吧！」

小趙劃著了一根火柴，丟到鐵鍋下面，澆了柴油的木柴立刻燃起熊熊火焰。

「地龍……三星草……七葉一枝花……」

聶主任看著筆記本唸著，小趙一樣一樣地把藥材扔入鍋中，乾柴、烈火、滾油，空氣中立刻瀰漫著一股辛辣的香味。小趙忍不住深呼吸了一口。

「主任，奇怪啊！這『一貼靈』的氣味不難聞啊！我記得我剛到中藥廠的時候，聞到的氣味好可怕哦！」

聶主任冷笑一聲說：「你馬上就會聞到了。『落雁沙』。」

小趙把一紙盒的『落雁沙』倒入鐵鍋中。只見聶主任立刻神色大變，用手帕捂住鼻子，跑到上風頭去。小趙還來不及詢問，突然感到一股熱氣撲鼻而來，剎那間，鼻子就像被人灌入開水一般難受。喉嚨禁不住地咳嗽，雙眼針刺似地疼痛，眼前的一切都罩上一層模糊的黃顏色。

小趙扔掉攪拌的棍棒，正想逃走。

「全靠你了，小趙！」

他愣了一下，望著沸騰的鐵鍋，全身血液也沸騰起來，黨把希望寄託在我身上，我能臨陣脫逃嗎？柳雲中一大把年紀了，都能站在鍋邊幾個小時，我一個革命刑警，還能輸給這個資本家？

他咬著牙根，又抓起棍棒，用力攪著大鐵鍋中黏稠的液體。熊熊大火就在身邊，全身毛孔同時張開，熱汗一起分泌出來，身上的汗水濕了手臂，濕了棍棒，不停地流入鍋中，頭上的汗珠也像飛灑的雨珠，滴入鍋中！

「他媽的，才烤了幾分鐘就這麼難受。」小趙喘息著。「那個柳雲中一烤就是幾個小時，他的皮是牛皮？」

喉嚨越來越癢，鼻孔越來越酸，眼睛越來越痛，那層模糊色越來越濃厚……

「『落雁沙』是傷害眼睛的！」小趙一陣恐懼。「爲了這個小小的案子，搞壞自己的眼睛，多不划算？」

小趙心中激烈鬥爭著，手中棍棒用力一攪，一團黑煙騰起，像鬼魂似地向他撲來。他慘叫了一聲，扔下棍棒，逃到高台下面，蹲在聶主任身邊，猛烈地咳嗽著。

「聶主任……我找到破案關鍵了！」

「哦?關鍵在哪裡?」

「攪拌方式。這膏藥的刺激性那麼強,我敢肯定,沒有人可以忍受得住。」

「柳雲中呢?」

「他做了幾十年『一貼靈』,聞了幾十年,自然能夠適應,一般人忍受不住,就不可能學足他的方式攪拌。即使方式學對了,也不可能堅持幾個小時,攪拌次數一定比柳雲中少很多,這就是他爲什麼成功,你們爲什麼失敗的關鍵。」

小趙喘著大氣,等待著聶主任的讚嘆和誇獎。沒想到聶主任卻像撥浪鼓似地搖著他的大頭。

「主任?不對嗎?」

「小趙,我們的攪拌方式完全跟柳雲中一樣,包括攪拌次數。俺算過,攪拌一鍋是三萬八千六百多次。我們一次也沒少!」

小趙疑惑了。「不可能!你們的工人能忍受這『落雁沙』的氣味?」

「我們準備了一把強力電風扇,放在鍋邊吹,把刺激性的氣體全吹走了!」

小趙敏銳地跳了起來。「那就造成火候問題!用電風扇吹,火焰受影響,鍋中溫度也受影響,藥性就有了不同……」

「我們的電風扇雖然強力,但很小,只對著人吹,一點也沒影響到鍋的溫度。」

「你怎麼知道？」

「我們有專門技術員來監視溫度，柳雲中用的是攝氏三百度，我們絲毫不差。」

小趙不由頹喪地垂下了頭，用手指在紅泥土上緩緩劃著。

「小趙，」聶主任語帶鼓勵。「會不會破案方向抓錯了？」

小趙倔強地昂起頭來說：「肯定沒錯！二十四味藥之中，柳雲中只更改了這一味，關鍵一定在這裡！」

「他這樣更改，有什麼用心？」

「不用說，他就是怕別人偷去『一貼靈』的祕方，所以故意加入『落雁沙』，讓別人不敢靠近鍋邊。」

「但是，」聶主任疑惑地望著小趙。「加入『落雁沙』，受害最深的不是別人，而是柳雲中自己，他會那麼傻嗎？」

「是啊，這一點我也想不通。」小趙感嘆著，「斯大林說，共產黨員是特殊材料製成的人，我看資本家也是。」

「唉，傷腦筋！」聶主任掏出手帕，抹著頭上的汗。

小趙的心又被這石榴花手帕揪緊了。

「主任，這手帕好看……買的？」

「人家送的。」

小趙的嗓子立刻乾涸發澀。「……誰？」

「愛人啊！」

「你的妻子？」

「不是妻子，是愛人。」

＊　＊　＊

天濛濛亮，一團團濃濃的白霧籠罩住大街。中藥廠幹部宿舍在晨霧中就像一座古代的城牆。

宿舍大鐵門夜間關閉著，鐵門上有一扇小門無聲地推開了。一個纖細身影閃了出來，長長的辮子輕輕地搖曳著……

冬冬深深吸了口新鮮的空氣，從牆角推出了一輛生鏽的自行車。她騎了上去，正要踩動，突然看見身邊街燈的燈柱前，有個男人斜倚著，默默注視著她。

冬冬的臉色「涮」地一下白了。

小趙從霧中走了出來，他的臉色跟她一樣蒼白。

「怎麼樣？」小趙故作嘲諷，但嗓音卻發澀，「聶主任的被窩，一定很暖和吧？」

冬冬垂下了頭。她突然用力一踩，蹬著自行車，想從小趙身邊穿過去。

小趙伸手抓住車把，用力頂住自行車，冬冬無力地從車上滑了下來，雙手掩面，一屁股坐在大門口的台階上，低低地抽泣著。

小趙掏出那條石榴花手帕，冷笑一聲。「告訴我，妳一共有多少條這樣的手帕？」

冬冬放下雙手，抬起滿是淚痕的臉，突然伸手搶過手帕，苦笑一聲。「五條。聶主任一條、赤衛隊王司令一條、街道居民委員會張主任一條、派出所李所長一條。你是第五條……」

「我簡直不敢相信！」

冬冬仰起頭，望著漫天白霧。「你記得我們家嗎？那是我爸爸親自挑選的，又髒又臭，不是人待的地方。我曾經爲了這種住所，把我爸罵了一頓。直到有一天，他對我說：孩子，別忘了，我是資本家，沒有人可以保護我們，只有自己救自己，住這種又髒又臭的地方，幹部厭惡，一定很少登門，我們就少了很多麻煩，多了一點平安……」

小趙的心不由得一陣抽搐，他收斂了嘲諷的表情，然後說：「我……我是隨便問問……送手帕……也很正常啊！」

「我不是送手帕。」冬冬呆呆望著天空。「我是陪他們睡覺。」

「妳……，他們四個？」小趙連牙齒都在發抖。

「爸爸找了一個廁所做護身符。」冬冬突然歇斯底里地笑了起來。「我找了四個廁所！」

小趙忍不住抓住她的手。「妳怎麼那麼傻？」

冬冬苦笑：「你知道嗎？我們那條街自從文化大革命以來，已經死了十六個人，全是資本家！全是被打死的！我一直在擔心，什麼時候會輪到爸爸呢？我打聽了一下，能夠決定爸爸生死的有四個人。只要爸爸能平安活下去，我自己的身子又算得了什麼？」

小趙嘆口氣。「這麼說，我是妳的第五個廁所了？」

「送手帕，的確是這個意思。你是刑警，多一個靠山，爸爸就多一份安全。」

「可是，中藥廠一直沒有批鬥妳爸爸啊。」

「現在是沒有，誰知道以後會怎麼樣呢？」冬冬心有餘悸地說。「劉伯伯開頭也沒事，後來還不是被赤衛隊活活打死了？」

「劉天龍？」小趙想起他的屍體還覆蓋著赤衛隊侮辱性的白布，實在想不出什麼話來對冬冬說。不管是責備的話，還是安慰的話。「他……昨天出殯？」

「嗯。他老婆哭得死去活來。入棺的時候，連件新衣服都沒有。棺材中唯一的陪葬品是『天龍散』。」

「奇怪，用『天龍散』陪葬？怎麼不用他的眼藥？」

「我也奇怪，回家問我爸。爸說，這是劉天龍的遺願。因爲『天龍散』是他所有發明中，唯一的殺菌解毒藥。隨棺入土，有一種『質本潔來還潔去』的意思。」

「質本潔來還潔去。」小趙情不自禁注視著冬冬。這個被侮辱、被迫害的女孩子，難道她的質不比聶主任之流更乾淨？

「天亮了，我該走了。」

冬冬站起來，推著自行車正要走，小趙又用手抓住車把，不讓她走。冬冬冷淡地望著他。

「冬冬，把手帕還給我吧。」小趙誠摯地說著。

冬冬忍不住趴在他肩上，嚎啕大哭。

*　*　*

「質本潔來還潔去……」

小趙喃喃自語，不停地翻著厚厚一疊寫滿蠅頭小楷的毛邊紙。書桌前，小羅光著上身，滿頭大汗，也在翻著另一疊毛邊紙。

「我找到了！」小羅用力捶著桌子。

「快給我！」小趙興奮地伸出手來。

小羅把一張毛邊紙藏在自己身後，「不行。你要先告訴我，逼我查劉天龍的筆記，有什麼用意？」

小趙一笑，「你說，膏藥在中藥分類中，應該屬於哪一類？」

「中藥並沒有科學的分類，一般來說，都把膏藥歸於殺菌解毒一類。」

「好。『一貼靈』是膏藥，也就是此類藥物，對不對？」

「對啊！」

「『一貼靈』是劉天龍發明的，也就是說，加上『天龍散』，劉天龍應該有兩種殺菌祛毒藥才對。」

「這又怎麼啦？」

「但是，柳雲中卻對他女兒說，『天龍散』是劉天龍唯一的殺菌祛毒藥。這不是很矛盾嗎？」

小羅搔著頭說：「矛盾？會不會是……」

「只有在一種特定的情形下，這句話才能成立，那就是『一貼靈』和『天龍散』其實是同一種東西。」

小羅疑惑地說：「不可能。『一貼靈』的配方中，明明沒有『天龍散』這味藥啊！」

小趙意味深長地一笑。「這就是我們常犯的一個錯誤。在『一貼靈』配方中，『落雁沙』很突出。『落雁沙』是一種單純礦物質，因此，我們很容易受它的影響，誤認為『天龍散』也是一種單純的原料。其實，這個看法完全未經證實。對不對？」

小羅恍然大悟的說：「所以你才要我翻閱劉天龍的筆記，看看『天龍散』到底是什麼東西？」

「不錯，劉天龍到底怎麼說呢？」

小羅把藏在身後的一頁毛邊紙交給小趙，小趙只瞟了一眼，立刻用手拍著自己額頭，大叫一聲：「我早該想到了！」

「怎麼啦？」小羅湊上前去一看。

小趙興奮地用手指著毛邊紙說：「你看，『天龍散』是由三味原料調配而成的：地龍、三星草、七葉一枝花，正好是『一貼靈』配方中的前三種藥。」

「前三種？」

「對了！小羅，一切都吻合了！」小趙目光炯炯。「柳雲中熬煮膏藥的步驟，是先將前三味藥單純熬煮好幾分鐘，然後才將其餘的二十一味藥倒入攪拌，現在你明白了吧？」

小羅連連點頭。「前三味藥一煮，其實已經做出了『天龍散』，這就是『一貼靈』的主要功效部分……，不過，我還是不明白，這跟你破案有什麼關係？」

「怎麼會沒關係呢？」

「聶主任他們試製膏藥，完全學足柳雲中，從原料、火候、一直到攪拌方式都沒變。既然如此，不管他們懂不懂得『天龍散』，他們都應該做出『一貼靈』才對。但事實卻不是這樣。」

「那是因爲他們忽略了一個重要的原料。」

「什麼原料？」

「鹽。」

小羅一臉茫然，正想發問，卻被小趙揮手制止了。

「柳雲中前幾天昏倒在石階上，我送他回家，他家在公廁樓上，很臭，他當時用『天龍散』來辟味。我記得柳雲中說了一句話：『天龍散』只有在鹽水中才能產生化學作用。」

「可是，在『一貼靈』的配方中沒有鹽這一項啊！」

「這就是聶主任他們失敗的原因，空有『天龍散』，而沒有鹽，還是做不出『一貼靈』來。」

「那麼，難道柳雲中他……」

「不用說，柳雲中一定是在熬煮過程中，偷偷放了鹽。」

「他的一舉一動都在監視之中，即使偷放鹽也看得見啊！」

「小羅，你是搞化學的。化學試驗中常常用到催化劑。分量極少，但是對整個化學過程作用極大，鹽在本案中也是一樣，並不需要多少斤，或許只是一小撮……」

小羅固執地反詰：「即使是一小撮，他總要偷放，總是可以看得見，爲什麼所有人都沒發覺呢？」

小趙充滿自信一笑。「那是因爲大家不曉得他要偷放什麼東西，無從監視。現在我知道了關鍵，一定可以找出他偷放鹽的方法！」

＊　＊　＊

太陽西曬，辦公室的玻璃窗都發燙。小趙站在玻璃窗內，全身被汗浸得濕淋淋，好像剛從水中走出來，這不僅是因爲天氣熱，更因爲他心中急。

從上午一直監視到現在，他甚至用高倍望遠鏡觀察柳雲中的每個動作，仍然找不到他有偷放鹽的舉動。

他本來懷疑柳雲中可能把鹽藏在指甲縫中，然後偷偷這麼一彈……但是柳雲中是有潔癖的人，在工作之前必先用肥皀洗手，這就推翻了小趙的猜測。

「難道我又錯了?」小趙用袖子抹著臉上的汗水，心有不甘地自問。因爲刑警的直覺告訴他，他已經站在破案的門檻前了，只差一步，就可以跨入……。

門咿呀一聲推開了，肥胖的聶主任大步走進來。

「抱歉，抱歉，小趙，讓你久等了。」

「沒關係，我正在監視柳雲中，時間過得好快。」

「怎麼樣？有沒有進展？」

小趙苦笑地搖搖頭。

「別急，別緊張。」聶主任走到櫃子前，取出一罐咖啡，「來，休息一下，俺泡杯咖啡讓你嚐嚐。這是抄資本家劉天龍的家沒收來的，洋貨耶！」

小趙在沙發上坐了下來，活動一下脖子。聶主任一手抓著糖罐，一手用湯匙舀著糖，放入咖啡杯中……

小趙突然一震。

在扁食店中，柳雲中曾經向已經夠鹹的扁食湯中加鹽。

「阿伯，你這個年紀，吃這麼鹹不好的。」

「我也知道。可是養成了職業習慣，改不了。」

小趙回憶著柳雲中的話，吃得鹹，爲什麼會是職業習慣呢？

聶主任一邊喝著咖啡，一邊用手帕抹著汗。

那條石榴花手帕。

小趙的心一陣抽痛……

「小趙，俺剛剛從公安局回來，你們局長跟俺說了，如果你這次能破得了『一貼靈』案件，回去馬上升你當小隊長！」

這句話像杯冰鎮啤酒，抽痛的心立刻舒服多了。

「主任，如果案子破了，柳雲中會怎麼樣？」

「交給工人赤衛隊，批鬥！」

「他還有個女兒，會怎麼樣呢？」

聶主任微微一笑。「少了老頭，女兒就好辦了！」

小趙突然一怔：聶主任如此恨柳雲中，非要置他於死地，會不會跟冬冬有關？會不會跟「四個廁所」的爭風吃醋有關？

如果是這樣，冬冬獻身給聶主任，非但不能救父親，反而害了他了。

小趙嚇出了一額冷汗。他用衣袖去抹……

「冷汗？虛汗？」小趙猛地一顫。

他轉頭注視聶主任說：「主任，您還流虛汗嗎？」

「看過中醫，好多了，俺現在流的汗是鹹的了。」

汗是鹹的，因爲汗裡面有鹽分！

小趙一個箭步撲到玻璃窗前，向操場上的高台望去。

烈日炎炎，大火熊熊，柳雲中全身是汗，汗水源源不斷地沿著棍棒流入鍋中，鹽分就這樣神不知鬼不覺地加入了。

每天流這麼多汗，所以柳雲中要多吃鹽來補充身體。

那些試製膏藥的工人，受不了「落雁沙」的刺激，安裝了強力電風扇專門吹人，所以他們都沒流汗。鍋中缺少鹽分，「天龍散」無法產生化學反應，做出來的膏藥當然沒有療效。

小趙一顆心怦怦直跳。「我破案了！」

「小趙，怎麼啦？」聶主任疑惑地問。

小趙沒有回答，他好像走到十字路口，左拐，直通小隊長辦公室；右拐，通向一座又髒又臭的公廁。

本來很容易選擇的路，小趙卻突然感到茫然，不知該向何處去……

他臉上更蒼白，汗水更多。

他掏出了手帕，擦拭著臉上的汗。

聶主任的目光突然變得無比尖銳冷酷。

小趙手上的手帕。

繡著石榴花的手帕，紅艷艷……

以畸形與映像，凝成一個世界的荒謬

——談思婷《死刑今夜執行》

路那

他明白，為了說他自己的故事，他彷彿是在談論別人般的談論自己。為了在那兒找到他，他必須讓自己消失。

——保羅・奧斯特

「一貼靈」：網路時代的巧遇

認識思婷大哥，要多虧呂仁在二〇〇九年七月於部落格「呂仁茶社話推理」中所張貼的〈「最後一課」讀後心得〉這一篇文章。這篇文章收到了一位署名「思婷」的網友留言。幾次的魚雁往返之後，呂仁得知思婷將因事返台，遂在同年十月，思婷、呂仁夫婦與我約在廣生食品行。老實說這頓飯是吃什麼我已經忘了差不多了，忘不掉的是當時我們像粉絲俱樂部一樣不停拿問題轟炸思婷大哥的場景。舉凡這些年他爲什麼沒再寫推理小說？忙什麼去了？有和台灣的推理友人聯繫嗎？筆名是怎麼取的？還有什麼著作？爲什麼會寫這些小說？還會再寫嗎？有其他未發表的存稿嗎？有沒有想過參加……，整整三個半小時就在這些問答中度過。思婷大哥有問必答，也讓我們解開了許多累積已久的疑惑，例如「思婷」這個筆名的由來。

乍聽「思婷」這個筆名，不知情的人往往以爲是個女子，而當知道了思婷的本名是非常男性化的陳文貴時，又往往認爲這個筆名背後可能藏有一段浪漫故事——誰是那位被心心念念的「婷」？然而期待這筆名背後有一段悱惻故事的讀者可能得失望了，它純粹是當年《推理雜誌》排版上的失誤。思婷在試圖更正卻不得回應後，也只好既誤之則安之的繼續使用這個筆名寫推理小說。然而由於這筆名過於特殊，是以雖則沒有浪漫的故事，卻因此多少衍生了一些因誤會而起的軼事。

新中國過往記：文革群像

閱讀思婷的小說，不難發現他的作品背景大多設置在「文革」到「六四」之間的二十多年之間。這與他豐富多樣的人生經歷顯然有關聯：他生於一九四八年的廈門，家族後來移居東南亞經營貿易。當時二戰雖已結束，然而國共內戰卻仍如火如荼。儘管烽火漫天，但貿易活動卻不因此而稍有停歇。年幼的思婷隨著家人，在兩地之間往返，直到國共戰爭大勢底定，國黨雖退守台灣，卻保有封鎖中國沿岸港口的軍事實力。當時思婷與家人正好身處福建，遂不得不就此停留，參與了之後「新中國」那一段轟轟烈烈的歷史——爲期十年的文化大革命，在一九六六年開始。隨著這一波野火燎原，一九六九年時，二十一歲的思婷跟著「知青下鄉」的口號，被派到了福建偏遠的山區。事隔多年，如今去觀看那個狂暴而詭譎的年代，荒謬似乎是它最顯眼的註腳。這些荒謬深刻地烙印在「老三屆」青年敏銳的感受性上，成了他們創作時無法忘懷的原鄉。而或許我們該感謝那位遞給思婷《福爾摩斯全集・上卷》的不知名人士，他在從火堆邊偷出的這半部福爾摩斯小說，讓青年思婷一頭栽進了推理小說的世界。一九七八年，思婷到了香港之後，當時日本風行的社會派推理成了另一波震撼。「推理小說原來也可以如此深刻地反映社會問題。」思婷在〈死刑今夜執行〉的得獎感言

〈弄斧號子〉中寫道。而在〈最後一課〉的得獎感言〈邯鄲斷想〉中，思婷則透過一連串的設問，展現了對推理小說認識論的思考。然而隨著林佛兒推理小說獎的停辦與時報百萬推理小說獎決選名單所帶來的驚詫，少了獎項作為創作動力，思婷最終還是擱下了食不飽、衣不暖的推理創作，回到他早享盛名的編劇領域，陸續編出了許多台灣讀者也耳熟能詳的戲劇作品。

雖然思婷寫作推理小說的動力，有部份是來自於徵文獎，但仔細觀察其作品，由主題之統一與主旨之明確，顯見其寫作並非以得獎為目標。其動機，與其說是為了獎項，倒不如說是為了治癒自我在大歷史下被割裂的傷口。身為走過文革的那一代，他對於中國在經歷此一事件後的觀察，認為「大陸的主要毛病並不在於『窮』，而在於『法』。」此一看法無疑是直覺而犀利的，當代史家也頗為支持這樣的說法。觀察以外，思婷更進一步地據此修改了〈好好拍照〉的故事風格，讓它成為反映「法之匱乏」而非「物之匱乏」的鏡子。這樣的反映，構成了思婷小說的主題。然而，推理小說作為一個從敘述結構上就蘊含了「維護當權者」此一概念於其間的文類，當這個「當權者」對讀者來說是不值得維護的時刻，思婷要如何既讓偵探破案，又不讓社會架構下的既得利益者受益呢？

在道德與律法的縫隙之中，我們尋求正義

大多數推理小說所提供的，是一個保守的意識形態。如同西蒙斯所指出的，這類小說所提供的是「一個再承諾的世界」，錯誤會被懲罰，秩序會被回復，偵查的過程是爲了要懲罰擾亂社會秩序者。亦即，「回復秩序」是推理小說最重要的功能。然而，萬一小說中被回復的「秩序」與讀者心中的理想秩序恰好是背反的呢？當罪案發生在威權主義下的共產中國，這個將被小說修復的秩序顯然不會是讀者熟悉的正義，而是威權主義政府的體制；被確保的利益也不會是受害者的利益，而是威權主義政府的利益。這樣的書寫，對於外於文本的讀者來說，顯然並非是一個「再承諾的世界」，反而較趨近於破壞那個該被修復的秩序。面對這樣的困境，思婷採取了一個極爲機敏的策略，巧妙地利用了道德與律法之間的差異，讓角色鑽過這道縫隙，使得檯面上案件雖得以被偵破，而威權體制卻在檯面下成了吃黃蓮的啞巴，滿足了讀者對破案與正義的渴望。而其特異的背景設定，雖非刻意爲之，卻依舊滿足了時人對竹幕之內的好奇窺視，同時隱約地展現了一般來說，屬於間諜小說之揭露世界內面的趣味。更觸及了許多小說的共同主題，即個人何時會對體制感到疑惑，以及個人決定要與體制對抗時所展現出的壯烈與荒涼。

意識到後者的力量，我認爲思婷在創作時也逐步地給予角色更大的空間去做抉擇。從〈好好拍照〉的「上有政策、下有對策」，到〈死刑今夜執行〉中，李由爲何決定幫助反叛份子的「理由」，再到〈一貼靈〉中小趙得自己決定要走哪一條路的開放式結局，思婷呈現的，是威權主義政府下的個人如何因見識了荒謬而覺醒，從而必須抉擇的一個過程。於是，探案的過程不僅是挖掘案件的發生經過，同時也成了主人公對自我內心的探索與追問。也因此，荒謬不再僅是小說的調劑，它成了小說主要的趨力。

荒謬與其所創造的

剛開始閱讀思婷小說的讀者，首先會注意到的，必然是小說間蘊含的荒謬。從〈神探〉中，眞正破案的偵探岑永樂眞心誠意地讚賞只會吹牛皮的老古爲「神探」，到〈好好照相〉中原先擁有三台照相機與一個專業攝影師的公安局，因爲文革而砸爛了照相機、打殘了攝影師，最後只得求助於地方上的普通小店。又如〈一貼靈〉中，公安小趙被叫到中藥廠去，卻發現請他到來的原因不是剛剛發生的三件命案，而是亟待破解的一貼靈秘方……字裡行間蘊藏的光怪陸離，匪夷所思之外尚且如同大觀百態。然而，思婷小說中所蘊含的荒謬，其實並不止於這些對於文革與其後社會的相關描寫。他更精彩的成就，是讓這一批小說同時也違反了推理小說讀者所慣常期待的故事架構，同時讓這樣的違反本身與小說主旨相應合，將之與小說敘述的荒謬情境相應合，從而取消了讀者對預期失敗的忿懣。

當我們在閱讀推理小說時，所預期的進程，多是案件（謎團）出現、偵探登場、偵探解決事件。換言之，事件本身必須是「值得被解決的」。然而在思婷的小說中，偵查到後來，原先一開始的事件卻往往是「不值得被解決的」，例如意外，或者條件明確到犯人不做他想。照理說，讀完這樣的小說會讓讀者有種被欺騙的憤怒。然而思婷卻藉由玩弄推理小說的守則，徹底製造了「荒謬」的情境，讓小說敘事一口氣飛越到另外一個領域。於是讀者不再在乎「案件」本身是否僅是一個意外、一個巧合或一個假命題。那些都不重要了。重要的是，藉由這一個案件所顯透出的荒謬，讀者得以撥開口號，一窺威權主義的眞相。待被挖掘的眞相不再是案件如何發生，而是社會如何允許這樣的案件發生，個人又如何在其中找到縫隙反抗或者逃離。〈好好照相〉與〈最後一課〉即是最典型的例子。

最後我想稍稍地談一下〈一貼靈〉。在這篇小說的開頭，公安小趙被召喚到中藥廠去處理一個案件。他不曉得是什麼樣的案件，正暗自提心吊膽的時候，從路邊小販的閒聊中，得知原來中藥廠出了三件命案。小趙於是安下了心，想道「公安局中，功勞的大小是根據案件的大小來判斷的，而案件的大小就是根據死人的多寡來決定的。」這下子他有機會立下大功，很是摩拳擦掌的期待著。然而到了中藥廠，廠長卻告訴他「死三、四個人有啥稀奇？還勞動你們局長派你來？俺是那種小題大作的人嗎？」推理小說中確實有這樣的一個次類型，以不涉及犯罪，但涉及謎團的故事爲核心，由於這樣的事件通常發生在日常生活之中，所以被稱爲「日常之謎」。〈一貼靈〉其實就是一個日常之謎的故事。然而這樣的「日常之謎」其重要性卻遠遠超過三人死亡。小說中輕描淡寫的交代了三人之死，原來他們「全是資本家，全是工人赤衛隊開批鬥會的時候鬥死的，革命行動啊！」思婷透過次類型重要性的倒置，精準地創造出最令人感到荒謬的情境。這或許並非他的獨創，而內中的謎團可能對一些老道的讀者來說也過於簡單，然而其對於荒謬如此俐落精準的刻劃，卻使得他的創作得以不隨時代風化，今日讀來，依舊令人感受到蘊含在其中的迷人風采。

▼路那，臺大推研社顧問、臺大臺文所博士生。曾參與《謎詭》撰稿，另曾撰寫有栖川有栖、二階堂黎人、西澤保彥、久生十蘭、宮部美幸、呂仁等作家之作品導讀或解說。部落格：盲眼貓頭鷹（http://lunajill.blog124.fc2.com/）

附錄

【思婷得獎紀錄】

第一屆林佛兒推理小說獎：第一名〈死刑今夜執行〉
第二屆林佛兒推理小說獎：第二名〈最後一課〉
第三屆林佛兒推理小說獎：推薦獎〈一貼靈〉

【思婷作品一覽】

〈神探〉　收錄於《推理》月刊雜誌第二十三期（一九八六年九月號）
〈好好拍照〉　收錄於《推理》月刊雜誌第三十期（一九八七年四月號）
〈死刑今夜執行〉　收錄於《推理》月刊雜誌第四十五期（一九八八年七月號）

〈客從臺灣來〉
另收錄於《林佛兒推理小說獎作品集1》
收錄於《推理》月刊雜誌第五十五期（一九八九年五月號）

〈最後一課〉
收錄於《推理》月刊雜誌第六十五期（一九九〇年三月號）
另收錄於《林佛兒推理小說獎作品集2》

〈一貼靈〉
收錄於《推理》月刊雜誌第七十七期（一九九一年三月號）
另收錄於《遺忘的殺機：林佛兒推理小說獎作品集3》

要推理03　PG0822

要有光 FIAT LUX　死刑今夜執行

作　　者　思　婷
責任編輯　黃姣潔
圖文排版　蘇榆茵
封面設計　陳佩蓉

出版策劃　要有光
製作發行　秀威資訊科技股份有限公司
114 台北市內湖區瑞光路76巷65號1樓
電話：+886-2-2796-3638　傳真：+886-2-2796-1377
服務信箱：service@showwe.com.tw
http://www.showwe.com.tw
郵政劃撥　19563868　戶名：秀威資訊科技股份有限公司
展售門市　國家書店【松江門市】
104 台北市中山區松江路209號1樓
電話：+886-2-2518-0207　傳真：+886-2-2518-0778
網路訂購　秀威網路書店：http://www.bodbooks.com.tw
國家網路書店：http://www.govbooks.com.tw
法律顧問　毛國樑　律師
總 經 銷　易可數位行銷股份有限公司
地址：新北市新店區中正路542之3號4樓
電話：+886-2-8219-1500　傳真：+886-2-8219-3383
e-mail：book-info@ecorebooks.com
易可部落格：http://ecorebooks.pixnet.net/blog

出版日期　2013年2月　BOD一版
定　　價　250元

Printed in Taiwan

國家圖書館出版品預行編目

死刑今夜執行 / 思婷著 .-- 一版. -- 臺
北市 : 要有光, 2013. 2
面； 公分
BOD版
ISBN 978-986-8839-4-8-9(平裝)

857.81 101018926

讀者回函卡

感謝您購買本書，為提升服務品質，請填妥以下資料，將讀者回函卡直接寄回或傳真本公司，收到您的寶貴意見後，我們會收藏記錄及檢討，謝謝！
如您需要了解本公司最新出版書目、購書優惠或企劃活動，歡迎您上網查詢或下載相關資料：http:// www.showwe.com.tw

您購買的書名：________________________________

出生日期：________年________月________日

學歷：□高中（含）以下　□大專　□研究所（含）以上

職業：□製造業　□金融業　□資訊業　□軍警　□傳播業　□自由業
　　　□服務業　□公務員　□教職　□學生　□家管　□其它_____

購書地點：□網路書店　□實體書店　□書展　□郵購　□贈閱　□其他

您從何得知本書的消息？

□網路書店　□實體書店　□網路搜尋　□電子報　□書訊　□雜誌
□傳播媒體　□親友推薦　□網站推薦　□部落格　□其他__________

您對本書的評價：（請填代號　1.非常滿意　2.滿意　3.尚可　4.再改進）

封面設計____　版面編排____　內容____　文／譯筆____　價格____

讀完書後您覺得：

□很有收穫　□有收穫　□收穫不多　□沒收穫

對我們的建議：________________________________

____

____

____

請貼
郵票

11466
台北市內湖區瑞光路 76 巷 65 號 1 樓
秀威資訊科技股份有限公司 收
BOD 數位出版事業部

（請沿線對折寄回，謝謝！）

姓　　名：________________ 年齡：________ 性別：□女　□男

郵遞區號：□□□□□

地　　址：________________________________

聯絡電話：(日) ________________ (夜) ________________

E-mail：________________________________